그들과
함께
꿈꾸다

그들과
　　　　함께
꿈꾸다

초판 인쇄 · 2023년 5월 4일
초판 발행 · 2023년 5월 15일

지은이 · 조연향 외
펴낸이 · 한봉숙
펴낸곳 · 푸른사상사

편집 · 지순이 | 교정 · 김수란, 노현정
등록 · 1999년 7월 8일 제2-2876호
주소 · 경기도 파주시 회동길 337-16 푸른사상사
대표전화 · 031) 955-9111(2) | 팩시밀리 · 031) 955-9114
이메일 · prun21c@hanmail.net
홈페이지 · http://www.prun21c.com

ISBN 979-11-308-2039-2　03810
값 17,000원

그들과 함께 꿈꾸다

조연향 최명숙 한봉숙 휘 민 박혜경
엄혜자 오영미 이신자 정해성 조규남

그들과 함께 살아가기

이번 우리의 글감은 '동물과 식물'이다.

지구는 무수히 많은 생명체들의 터전이며 필연적으로 서로 영향을 주고받는다. 이 지구상에 혼자 살 수 있는 생명은 없다. 인간과 자연, 동식물은 서로 공존, 공유, 협력하면서 행복할 수 있다. 만일 인간의 이기심과 탐욕스러움으로 생태계의 균형이 깨지고 그러한 상황이 지속된다면 우리의 미래가 얼마나 불행할 것인가. 자연과 인간의 관계를 새롭게 정립하고 인간 이외의 생명에 대한 사랑, 존중, 공생과 화합을 위한 노력이 필요하다는 것에 뜻을 모아 여섯 번째 수필집의 글감을 '동물과 식물'로 정해보았다.

우리는 일상 중에 혹은 일상을 벗어나 접하게 되는 다양한 동식물에 대한 이야기를 통하여, 이기적이고 배타적인 개체들의 속성을 초월하고 상호간의 관계 회복에 대한 바람을 지향하였다.

또한 생명에 대한 소중함, 유대와 연대감, 배려와 화합이라는 의미에 주목하였다. 우리와 동식물과의 관계를 살펴볼 때, 그들과의 동행은 인간의 일방적인 보살핌이나 희생이 아님을 재차 확인할 수 있었다. 그들로부터 많은 위로와 위안을 받고 있으며, 그것은 어떤 교류나 관계보다도 따뜻하다. 한편 인간과 자연의 공생과 공존 앞에서는 피할 수 없는 여러 가지 문제나 갈등 상황이 벌어질 수밖에 없다. 우리는 부정적인 현실을 날카롭게 비판하거나, 현실과 동떨어진 대안을 섣불리 제시하지 않았다. 다만 그들이 행복해야 우리도 행복하다는 인식하에 그 방향성을 모색하였다. 수필집 전반에 일관되게 흐르는 것은 생명사랑, 약자에 대한 연민, 생명에 대한 긍휼함, 불평등한 사회와 인간의 이기심에 대한 반성이다.

현대인의 고독과 소외는 심화되고 있다. 도시화되고 파편화된

삶에서 이미 많은 위기의식과 존재의 흔들림을 겪고 있다. 뿐만
아니라 인간 관계의 최소단위라 할 수 있는 가족의 개념마저 예
전과 같지 않아서, 그 의미를 새롭게 정의하고 확장하는 시대이
다. 요즘 흔히 들을 수 있는 반려동물, 반려식물이라는 말은 가족
의 의미가 확장되고 있음을 단적으로 보여준다. 동식물은 때로는
아주 가까이에서, 때로는 적당한 거리를 유지한 채 인간과 함께
살아가고 있으며 가족처럼, 친구처럼 동행한다.

　동식물은 가족의 자리를 대신하여 우리와 교감을 나누며 정서
적 안정감과 위로를 나눈다. 　조연향과 조규남의 글이 그렇다. 조
연향은 아랫집 할머니와 애완견 호수를 통해 둘의 교감과 연민을
보여주는데 둘이 함께 걷는 산책길을 떠올리며 글을 읽으면 그
느낌이 더욱 선명하게 다가온다. 조규남은 앵무새 한 쌍을 키우
면서 느꼈던 무한한 행복함을 떠올리며 어쩔 수 없는 이별로 아

파하는 모습을 담아냈다. 남편이 가족의 자리를 대신해서 키우는 토끼 때문에 알레르기를 앓고 괴로우면서도 끝내 내치지 못하는 마음을 작가 특유의 문장과 위트로 재미있게 묘사했다. 휘민은 기린에 대해 내적 친밀감, 내적 동일시를 드러내면서 삶의 고비마다 그를 떠올린다. 그녀가 기린에게 되찾고 싶다는 명랑함과 기린과의 행복한 동행을 응원하게 된다. 이신자는 율마에게 자신의 공간을 다 내어주고도 자족하며, 식물이 우리에게 주는 것이 훨씬 더 많음을 이야기한다. 가족으로 오랫동안 함께한 반려견의 사연을 이야기 형식으로 담은 글도 흥미롭다. 박혜경은 동물을 무서워하는 가족과 자신도 시대적 변화와 상황에 따라서 반려견을 언젠가는 키울 수도 있지 않을까라는 여운을 남겼다.

그들은 추억이나 그리움의 매개가 되어 우리의 시간을 더 빛나게 하거나 각인한다. 그들 덕분에 추억의 순간, 이별의 슬픔이나 그리움도 아름다움으로 승화된다. 한봉숙은 어머니가 생전에 좋아하시던 수국을 무덤가에 심어드리며 돌아가신 어머니를 추억하고 그리워하는 이야기를 담았다. 최명숙은 직접 이름을 지어준 '예삐'라는 강아지를 추억하며 어린 시절의 행복했던 순간을 소환했다. 강아지로 인해 가족이 누렸던 행복과 즐거움에 공감할 만하다. 휘민은 중학생 시절에 우정의 징표로 받았던 달맞이꽃을 떠올리며 자존심과 열등감 때문에 친구의 마음을 받아주지 못한 것에 대한 미안한 마음과 후회, 친구를 향한 그리움 등을 묘사했다. 박혜경은 밑동만 남은 화분을 바라보며 멋진 율마와 함께 누렸던 행복한 시간들을 추억하면서 그리움을 달래는 모습을 담아냈다.

그들은 힘든 여정을 함께 하면서 든든한 친구이자 조력자의 역할을 해준다. 오영미는 히말라야의 험한 산행에 무거운 짐을 짊

어지고 묵묵히 함께 했던 당나귀, 힘든 순간에 친구처럼 함께해 준 개와 야크에 대한 경험을 적고 있다. 그들의 존재가 위안이 된다는 고백은 잔잔한 울림을 전한다. 엄혜자는 인도네시아 오지에서 근무하는 남편의 외로움을 달래주기 위해 반려견을 입양한 이야기, 인도네시아 공항에서 남편과 강아지가 만나는 장면을 인상적으로 포착했다. 그리고 경주마와의 만남, 경주마의 생애와 운명에 주목하면서 말과 훈련사의 특별한 인연을 담고 있다. 인간과 동물이 나누는 협력과 공생의 의미를 되새겨볼 수 있다.

그들로부터 삶의 지혜와 이치를 배우고, 깨달음을 얻기도 한다. 정해성은 사람들에게 길들여지지 않은 수월리 고양이들의 도도하고 당당한 모습에 주목하면서, 마을 공동체가 정성으로 보살피는 고양이의 평화와 안녕이 마을의 평화와 안녕을 지켜줄 것이라는 마음을 담아냈다. 애완동물을 키워본 경험을 바탕으로 개과

책머리에

와 고양이과의 특성을 재미있게 풀어내기도 했다. 한봉숙은 소나무에 대한 유별난 애정을 드러내면서 절개와 지조를 닮고 싶은 마음을 내비치고, 자신에게 송원이라는 호를 지어준 인연을 떠올리며 그리운 마음을 전했다. 최명숙은 봄까치꽃을 보며 어머니의 마음을 읽어내고 칼랑코에를 통해서는 부모의 역할에 대하여 사유했다. 조연향은 석류나무를 보며 아픈 역사를 떠올리고 그것에 담긴 풍요와 안녕에 대한 기원의 의미를 전했다.

그들과 함께 살아가다 보면 인간과 동식물 사이에 존재하는, 가볍게 여길 수만은 없는 이해관계의 충돌과 대립의 문제도 있다. 오영미는 캣맘으로서 길고양이를 정성으로 보살피고 아끼는 딸들의 모습을 통해 생명사랑과 보살핌의 미학을 긍정하면서도 어쩔 수 없이 부딪힐 수밖에 없는 것들에 대한 가볍지 않은 고민과 사유에 주목했다.

이 글을 읽는 독자들이 동식물과 함께 삶을 향유하며 얻는 고유의 행복과 정서적 울림에 공감하면서 그들과 함께 꿈꿀 수 있기를 바란다. 이 글의 주인공은 필자인 우리들이 아니라 이 땅 위에서 함께 살아가고 있는 다양한 동식물이다.

2023년 4월

글쓴이들

책머리에

차례

조 연 향
Cho Yeon Hyang

붉은 석류꽃이 불러낸 기억들
호수야, 집에 가자

조연향

경북 영천에서 태어났다. 경희대학교
대학원 국문과에서 박사학위를 취득했으며,
1994년 『경남신문』 신춘문예, 계간지
『시와 시학』 신인상으로 등단했다. 저서에
『김소월 백석 민속성 연구』, 시집으로 『제
1초소 새들 날아가다』 『오목눈숲새 이야기』
『토네이토 딸기』 등이 있다. 현재 경희대와
육군사관학교에 출강하고 있다.

붉은 석류꽃이 불러낸 기억들

　어느 가을날이었다. 주택가를 산책하다가 석류나무 한 그루 화분에 심겨 있는 것을 보았다. 그 순간 발걸음을 쉽게 옮기지 못하고, 햇빛이 겨우 드는 좁은 골목 안을 오래 들여다보았다. 온몸에 전류가 흐르는 듯했다. 마치 어린 소녀가 석유등을 켜 들고 있는 것처럼 붉은 꽃은 오동통한 석류를 물고 조롱조롱 매달려 있었다. 옹색하고 허름한 화분에서의 석류나무가 몹시도 경이롭고 신비스러웠다. 하늘은 황사로 가득했고 코로나 때문에 모두 마스크로 얼굴을 가리고 걷는 삭막한 도시의 변방, 무엇이 우리 삶에 희망을 불 지펴줄 수 있는가. 확실한 삶의 지표도 없이 하루하루 일상을 이어나가고 있는 이 막막한 공기 속에서 보란 듯이 환히 피어날 수 있다니! 꽃은 무

　　　　　　　　　　붉은 석류꽃이 불러낸 기억들

소녀가 등불을 켜 들고 있는 것처럼 붉은 석류꽃이
오동통한 석류를 물고 조롱조롱 매달려 있었다.

슨 힘으로 변함없이 피어났는가, 저리도 평화롭게도 피어 있을까?

문득 내 어릴 적 뒤울안이 생각났다. 어쩌면 그 뒤울안은 우리가 거쳐온 아픈 역사의 뒤울안이라 해도 될까, 그곳에는 석류나무와 몇 그루 유실수들이 싱그럽게 자라고 있었다. 감나무, 대추나무, 앵두나무, 고욤나무, 석류나무는 때가 되면 꽃을 피우고 열매를 맺었다. 감꽃이 마당에 노랗게 떨어지면 감꽃 목걸이를 목에 걸고 꽃을 하나씩 따 먹으며 우리는 키를 키웠다.

아버지께서 발갛게 익은 감을 깎아 처마에 매달아 만드시던 곶감, 기다란 감 껍질은 새끼줄에 같이 꼬아서 말린다. 곶감을 상자에 오래 저장할 수 있도록 사이사이 끼워 넣기 위해서이다. 꾸덕꾸덕 말라가는 감 껍질을 빼 먹곤 했는데 그것은 재미있는 먹거리이기도 했다.

큰 나무에 해마다 휘어지게 열리는 석류 가지를 대청마루에서 잡아당겨서 꺾기도 했으며 뒤뜰에 앉아 석류를 까먹던 기억 또한 생생하다. 껍질을 벗길 때는 손에 물이 들까 석류 알맹이가 부서질까 고이고이 몇 알 까서 입에 넣으면 이율곡

붉은 석류꽃이 불러낸 기억들

이 "석류 껍질은 부서진 붉은 구슬을 품고" 있다고 했듯이 입안에 녹는 홍보석 같은 감촉, 그 석류알이 배고픔을 달래주거나, 실컷 먹었다는 기분이 들지는 않았다. 아쉽고 아련한 뒷맛만 입안에 맴돌지만 오묘하게 붉은 꽃과 열매, 예부터 자손이 번성하기를 바라며 집집이 사랑채 앞이나 뒤뜰에 석류나무를 심었다.

세월을 한참 뛰어넘은 골목의 석류나무를 보면서 일가친척들이 옹기종기 모여 살았던 옛 집성촌이 생각났다. 내가 기억하고 있는 어린 시절의 마을은 이미 일제의 압박과 해방, 그리고 한바탕 이념의 소용돌이와 전쟁을 치러낸 곳이다.

때가 되면 곡식을 거두고 열매를 수확해서 평화롭게 서로 사랑을 나누면서 살아갈 수만 있었다면 얼마나 좋았을까. 그러나 마을을 휘저었던 아픈 서사를 상기시키듯 꽃은 신산한 빛을 이렇게 뿜어내고 있었다

　　문득 지나치다 들여다본 적 있다
　　낯선 골목 끝 무슨 꽃이 아이처럼 석유 심지 불을 켜 들었을까
　　옛집 뒤울안에 피어 있던 그 꽃인 줄, 아직도 그 울보 아이

인 줄

아버지 툇마루 서성거리던 태풍 소식이 전해 올 즈음

핏빛으로 담장을 뒤덮고 했었지 붉고 푸른 마을의 전설

제대로 숨 쉬지 못하던 그런 꽃 시절이 있었다지

나 아직 그 나무에 숨은 이야기 들리는 뒤울안인 줄

오래오래 낯선 골목 끝에서 피어나는 꿈속의 꽃송이인 줄

비밀의 완장이 아직도 내 기억을 미행하는지 골목을 지키는지

자백하듯

제 속의 꽃을 토해내는지 어둠이 꽃빛이다

　　　　　　　　　　　　　　　　　　　—「석류꽃」 전문

이렇듯 내 가던 걸음을 멈추게 하는 저 꽃은 내가 태어난 곳의 아픈 옛 기억을 불러내기에 충분히 인상적인 자태였다. 물론 내가 태어나기 이전의 사실이라 들어서 알고 있지만, 그 아픈 서사가 아득하게도 들리는 듯했다. 그 상흔은 오래도록 부모와 형제들의 삶 속에 피처럼 흐르고 있기 때문일 것이다.

우리 마을은 해방을 맞았지만, 더 어수선했다. 일제의 흔

적이 채 가시기도 전에 이념의 혼돈 상황에 빠져 있었다. 낮에는 경찰들이 우글거렸고 밤에는 좌익이 활개를 쳤다. 모두 평등하게 잘 살아갈 수 있는 세상, 똑같이 땅을 나누어서 농사를 지을 수 있는 세상을 만들겠다며 혈안이 된 그들은 세를 늘려나갔다. 정부에서는 일명 빨갱이들을 소탕하겠다고 집집을 뒤지고 다녔기에 그 소용돌이에 희생된 목숨이 한둘이 아니었다고 한다. 마을 뒷산에서는 심심찮게 총소리가 들렸고 서로가 서로를 못 믿는 그런 상황이었다.

아버지께서도 좌익의 회유에 많이도 시달렸다. 결국은 머슴이 그들과 동조했는데 머슴은 뒷담을 넘어 멀리 도망치고 아버지는 방조죄로 억울한 옥살이를 했다. 할아버지께서 추석이 다가오는데 집에 있는 소를 팔아서라도 아버지를 빼내와야 한다며 동분서주하셨다는 것이다. 아버지는 다리를 끌며 구사일생으로 집으로 돌아오셨다. 고문으로 인한 신경통으로 평생 고생하시다가 세상을 뜨셨다.

또한, 6·25전쟁의 상흔은 또 어떠했는가, 끝없는 수난의 시대였다. 이미 80을 바라보는 언니와 오빠들은 그때 달구지에 실려서 바로 아랫마을로 피난을 하였지만, 왠지 소풍하러

가는 것처럼 들떠 있었다는 것이다.

마당에 뛰어다니는 닭을 잡아 반찬거리를 만들고 이불과 양식을 달구지에 실었다. 피난하는데 멀리 떨어지는 포탄이 꽃불처럼 신기했다고 했으니, 순진하기만 했던 자식을 이끌고 이겨내야 했던 힘겨운 세월들.

김환기의 그림 〈피난 열차〉가 떠오른다. 피난을 떠나는 그 열차를 어떻게 그렇게 해학적으로 그릴 수 있었을까. 이중섭 또한 사랑하던 가족과 헤어지던 현해탄을 어쩌면 그리 담담하게 그려냈을까. 서울에서 부산으로 피난민들을 실어나르는 피난 열차를 미학적으로 표현할 수 있었던 것은 태생적인 낭만적 성향과 예술가만의 특권으로 이해할 수 있을까. 현실 인식이 부족하다는 그 당시의 평가가 있었다고는 하지만 나는 김환기의 〈피난 열차〉나 이중섭의 〈현해탄〉 그림이 왠지 참 좋다. 그리도 고생스럽고 비참했던 현실을 저렇게 간결하게 표현했다니! 핏빛의 땅과 파란 하늘은 그때의 비극성과 희망이 교차하는 듯하다. 그래도 희망과 사랑이 남아 있었으므로, 저 대한해협을 건너면 사랑하는 가족을 만날 수 있고, 콩나물시루 같은 피난 열차를 타고 가면 언젠가 전쟁이 끝나고 새로

붉은 석류꽃이 불러낸 기억들

운 시대가 열리리라는 것을 예견하면서 그림을 그렸으리라.

전쟁과 가난, 그리고 역병……. 현실은 이렇게 두렵기까지 해도 우리 곁에서 고통을 같이 감내해주는 것들, 그것은 식물이나 동물, 그리고 예술의 힘이 아니겠는가. 티 없이 인간의 삶을 위무하고 아픔을 증명한다. 때로는 비참하게 때로는 낭만적으로…….

고대의 벽화에서도 석류는 많이 그려져 있다. 물론 석류뿐만 아니라, 모든 꽃과 짐승을 그려두었겠지. 고대 벽화를 떠올리며 석류꽃 한 그루가 뿜어내는 아우라는 이렇게 나에게 전설 같은 옛이야기를 더듬게 한다. 척박한 도시 한 귀퉁이에서 제 색깔을 잊지 않고 피어나듯이 나는 저렇게 옛날의 아픔을 잊고 용하게 살아 있는가. 내 삶을 어느 정도 의미 있게 살아내고 있는가, 내가 누구인지 무슨 힘으로 견디고 있는지 하루에도 몇 번씩 자문하곤 한다. 모르겠다. 해답을 모른 채 그냥 나에게 주어진 이 시공간을 거쳐서 발걸음을 옮겨놓을 뿐이다. 저렇게 아주 오래전부터 몸속에 지닌 붉은 시간을 기억해내면서 말이다.

호수야, 집에 가자

할머니께서 오늘도 호수와 씨름하고 있다. 그는 호수를 몰고 집으로 들어가려고 목줄을 잡아당기고 있었고, 그래도 호수는 꿈쩍도 하지 않는다. 바들바들 떨면서 할머니께 항거하고 있다. 멀리 보내버린 새끼들 때문에 저렇게 뻗대는 것이라고 말했다. 할머니는 지쳤는지 마침 가까운 벤치에 앉아서 한숨을 내쉬는 것이다. 나도 지나가다가 옆에 앉았다. 그 할머니는 아래층에 혼자 사시는 분이다. 몇 년 사이 몸이 많이 쇠약해지신 것 같다. 키도 줄어들었고 허리도 더 구부정해진 것이 분명하다. 한 번도 가족과 같이 다니는 적이 없었다. 언제나 혼자 다녔고 가끔 호수라는 개를 몰고 다니곤 했다. 엘리베이터를 같이 타면 할머니는 6층에 내리고 나는 7층에 내린다.

내가 아파트 단지에 이사 온 지가 17년이나 되었는데 할머니는 그전부터 살고 있었다.

그동안 많은 사람이 이사하고 또 새로운 사람이 이사를 왔다. 너무 자주 바뀌는 이웃들, 서로에 대해서 무관심할 뿐이다. 이 할머니는 그때부터 줄곧 아래윗집으로 살아서 그런지 이제 제법 얼굴이 익었다. 이웃이 자주 바뀌어도 나이 드신 분들은 이사하지 않고 그냥 사시는 편이다. 이 할머니도 그중 한 분이시다. 나는 왠지 나이 드신 분들이 편하고 마음이 간다. 저렇게까지 사시느라 얼마나 많은 일을 겪었으랴. '마을의 노인이 사라진다는 것은 하나의 도서관이 사라지는 것이다'라는 말이 있듯이 그들이 살아온 이력이 모두 한 편의 소설이 아니겠는가. 그래서 마음 한구석이 허전할 때면 노년이 다 된 선배님이나 언니께 전화해서 수다 아닌 수다를 떠는 것을 좋아한다. 대화하다 보면 내 삶도 그와 다를 바 없고 주어진 환경에 순응하면서 나이를 먹어가야 한다는 것을 새삼 생각하게 된다.

가끔 손주들이 와서 우당탕 뛰고 해서 과일을 사서 들여다본 적도 있었고 그 할머니와의 오다 가다 만나면 몇 마디라도 말을 주고받는다. 또 언젠가 아는 지인이 제주도에서 농사를 지었다고 내게 좀 먹어보라고 귤을 보냈는데 며칠이 지나도 도착하지 않았다. 우체국에 알아보니까 주소를 잘못 적은 탓에 601호에 가 있었다. 내가 초인종을 눌러서 물어보니까 자기도 아는 사람이 귤 농사를 지어서 그 사람이 보낸 줄 알고 몇 개를 먹었다면서 너무 미안해했다. 그러면서 자기 집에 들어와서 차라도 한잔하고 가라고 그러는 것이었다. 그 할머니는 유난히 나를 보면 반가워하면서 무슨 말이라도 자꾸 붙이려 한다. 현관문을 여는데 사람 구경을 하지 못했던 외로움이 절절하게 배어 있는 것 같아서 잠시 그 집 소파에 앉았다.

"혼자 계시기에는 집이 좀 넓지요?"

"그렇지요. 그전에는 딸이랑 같이 살았는데 결혼해서 미국으로 가고 여태 그냥 살고 있어요. 늘상 혼자 살아와서 그렇게 넓은지도 모르고 외로운 줄도 모르고 그냥 저 아이와 같이 살고 있어요."

저쪽 창가에 조용히 앉아 있는 호수가 할머니보다 더 외로워 보였다. 한 두어 번 꼬리를 들어서 흔들어 보였다.

교직에 있다가 정년을 맞이한 지 20년이 넘었다고 했다.

호수야, 집에 가자

할머니는 호수를 몰고 집으로 들어가려고 목줄을 잡아당기고,
호수는 바들바들 떨면서 항거한다.
멀리 보내버린 새끼들 때문에 저렇게 뻗대는 것이다.
할머니는 지쳤는지 가까운 벤치에 앉아서 한숨을 내쉰다.

개를 키우게 된 것은 딸이 미국으로 가게 되면서였다.

"딸은 미국인과 결혼해서 살고 나는 말도 통하지 않고 해서 가서 못 살아 그냥 여기서 살다가 죽어야지 뭐."

그렇게 언젠가 할머니 집에 들어가서 나누었던 이야기가 생각났다. 그 할머니의 삶을 생각하니 온통 외로움에 절어 있는 사람, 교사 생활을 했다고는 하지만 이제는 힘없는 노인에 불과하다. 아침에 눈을 뜨면 호수와 눈을 마주치는 일, 호수와 산책을 하는 일, 노인의 삶은 단조롭기 그지없을 것 같다. 나 역시 나이를 먹고 더 늙으면 어떻게 삶을 살아가야 하나 미래를 생각하면 조금은 두려워지기도 한다. 결국은 혼자 살다가 혼자 죽어가는 일 그것은 누구나가 감당해야 하는 일이다.

할머니가 호수와 씨름하면서 혀를 차는 것이었다.

"사실은 저 암캐가 얼마 전에 새끼를 낳았지. 내가 키울 수 없어서 지인들에게 분양했어요. 그랬더니 집에 있을 때는 대문만 바라보고 종일 끙끙대기만 해. 바깥에 나가려 해서 나오면 집에 들어가려 하지 않아. 아무것도 먹지도 않고 짖지도 않고 오로지 제 새끼를 못 잊어서 저렇게 요지부동이니 이렇게

호수야, 집에 가자

힘들어요."

그리고 보니 가끔 아래층에서 개 짖는 소리가 요즘은 통 잘 들리지 않는다고 했다. 떠나간 새끼를 애타게 기다리는 저 어미 개의 젖망울이 발갛게 꽃송이처럼 눈물이 맺혀 있는 것 같았다. 목줄을 끌어당겼다 놓았다 하는 할머니의 모습이 애처로웠다.

햇살이 이제 제 빛을 거두어갈 때 두 생명의 서로 놓지 않고 있는 저 목줄은 무엇인가 서로가 서로에게 기대면서도 또 다른 그리움이 있어서 뻗대고 있는 저 모습이 너무 안타까워 보였다. 어쭙잖은 시심은 이렇게 나를 스치고 지나갔다

호수 젖꼭지 오디처럼 눈물이 맺혀 있었다.
바들바들 떨어대는 암캐 목줄을 누가 끌어당기나

호수야 호수야

목줄을 당겼다가 놓으며 할머니 한숨을 쉬는데
호수 눈망울 속으로 흰 벚꽃이 진다

먹지도 짖지도 않아 지 새끼를 먼 곳으로 입양한 그때부터야
젖이 휴지처럼 말라비틀어졌는데 문 쪽으로 쳐다보고 매일
끙끙대기만 하지

비틀거리며 꼼짝 않는 암캐와 움직이지 않는 할머니의 목줄
어떤 운명도 저 광경을 수습할 수가 없네

저 몸을 거쳐 간 수캐는 어느 산기슭 봄비를 맞으며
비린 거품 참꽃 덤불 속으로 코를 들이대고 있을까

타인은 지옥이라는 공유해야 할 짐승의 감정
이별 따위는 잊자고 속울음 짖으며 서로를 끌어당기는데

외로움과 상처의 승자는 누구일까
당겨도 당겨도 기울지 않는 팽팽한 서로의 목줄

할머니는 그 목줄을 놓더니 다가가서 쭈글쭈글한 손으로
호수의 잔등을 천천히 쓰다듬는 것이었다. "호수야 호수야 이

호수야, 집에 가자

제 집에 가자 가자." 부드럽게 쓰다듬어주니까 그제야 한 발짝 한 발짝 발을 옮기는 것이었다. 그러더니 오히려 앞에서 할머니를 이끌고 성큼성큼 걸어가는 것이 아닌가?

화해의 모습을 보고 나니 맘이 좀 편해졌다. 나는 벤치에 좀 더 앉아 있었다. 저 개와 할머니는 언제까지 같이 살아갈 수 있을까. 그 할머니가 말씀하셨다. 호수가 이제는 힘도 없어지고 해서 나를 두고 먼저 갈까 봐 미리 걱정된다고 했다. 아프면 동물병원에 데려가고 사료를 준비하고 겨우 목욕도 시켜주는 것이 유일한 낙이고 희망인데 저마저 내가 마음 둘 일 없으면 어떻게 할까 그랬던 것 같다. 그래도 할머니가 자기를 극진히 아껴주는 것을 아는지 뻗대다가 성큼성큼 앞장서서 가는 호수의 마음속에는 주인에 대한 충성심이 있었던 것이 아닌가.

개의 충성심이라는 말과 함께 문득 외가가 있는 마을의 속칭 개 무덤 설화가 생각났다. 외가는 최부잣집의 시조인 최진립 장군의 집인데 지금은 팔순이 넘은 외사촌이 그 사당과 문화재를 지키고 있다. 어머니로부터 이야기를 많이 듣기도 했지만, 기록을 찾아보았다. "최가들 중시조가 어데 갔다 오다가 술에 취해서 산길에 드러눕는다. 그때 산불이 나가지고 사람한테로 불이 붙어 오니까 같이 간 개가 몸을 물에 적셔서 불을 끄고 개는 죽어버렸다. 사람들이 개를 묻어놓고 일 년에 한 번씩 제사를 지내준다."(『한국구비문학대계 6-1』, 569쪽). 이런 기록을 찾아볼 수 있었다. 그뿐만 아니라, 주인에게 충성하고 죽어간 개 무덤에 대한 설화는 많이 전해오고 있다. 설화는 설화일 뿐, 사실인지 아닌지는 알 수 없으나 어쨌든 개는 주인에게 충성심을 가지고 있는 것은 분명하다. 주인을 잊지 않고 집을 나갔다가도 꼬리를 흔들며 꼭 찾아든다는 것이 개의 본성이 아닌가 싶다. 하지만 그렇게 키우던 개를 잡아서 추렴하던 때도 있었으니 이해할 수 없는 것이 인간의 야만성이 아닌가 싶다.

나 역시 더 외로워지면 반려견을 데려올지도 모르겠다. 일본에서는 노인들이 로봇을 데리고 사는 경우가 많다는데 어쩌면 로봇보다는 조금 더 나을지 모르겠다. 감정을 공유할 수 있다는 점에서.

호수야, 집에 가자

최명숙
Choi Myung Sook

봄까치꽃과 칼랑코에
우리 집 강아지, 예삐

최명숙

충북 진천에서 태어나고 자랐다.
가천대학교 대학원 국어국문학과 졸업,
문학박사 학위를 받았고, 가천대학교와
한국폴리텍대학 등에서 강의했다. 현재
동화작가와 소설가로 활동하며, 시민을
대상으로 글쓰기와 인문학 강의를 하고
있다. 저서로 『21세기에 만난 한국 노년소설
연구』『문학콘텐츠 읽기와 쓰기』『문학과 글』,
산문집 『오늘도, 나는 꿈을 꾼다』『당신이
있어 따뜻했던 날들』 등이 있다.

봄까치꽃과 칼랑코에

봄까치꽃이 피었다. 내가 살고 있는 아파트에서 개천으로 나가는 샛길 입구, 산수유나무 아래 양지바른 곳 거기. 두 송이 세 송이 아니고 꼭 한 송이가 피었다. 며칠 전부터 드나들 때 유심히 살펴보았다. 혹시 피었을까 싶어서. 오늘 산책 나가다 다시 살펴보니 어제도 피지 않았던 봄까치꽃이 앙금앙금 피어났지 뭔가. 아고, 예뻐라! 네가 피었구나. 내가 얼마나 기다렸는지 알아? 탄성을 지르며 말을 걸었다. 봄까치꽃이 방글방글 웃으며 고개를 끄덕였다.

한참 동안 앉아 꽃을 들여다본다. 앙증맞은 연보라색 꽃잎, 힘차게 세상을 향해 뻗고 있는 하얀 꽃술, 연녹색의 잎사귀. 아기처럼 작고 귀여운 이 꽃이 이 봄에 가장 먼저 피었다

저 한 송이 봄까치꽃은 어머니 꽃일까.
바람이 괜찮은지, 추위는 어떤지,
세상을 살펴보기 위해 먼저 핀 걸까.

는 게 신기하다. 겨울 눈보라를 견디고, 깜깜한 밤을 지새우고, 별빛 받아 피었을까. 달빛 받아 피었을까. 힘든 시간을 보내고 저리도 예쁜 꽃을 피우다니. 저 조그만 꽃이 저리도 강인할 수 있다니. 탄성이 안 나올 수 없다.

이제 완연한 봄이다. 봄까치꽃이 피었으니 더 이상 겨울은 앙탈 부리며 머물 수 없다. 저 작은 몸이 온몸으로 피워 올린 봄, 그건 나른한 일상에서 맛보는 신선함이고 희망이다. 새로움에 가슴이 벅차오른다. 좋은 일이 일어날 것 같은 막연한 느낌과 꿈꾸던 일들을 다시 하고픈 의욕이 솟구친다. 봄에 농부들이 콧노래 부르며 논둑길을 걷던 이유를 이제 알겠다. 그건 봄이 주는 신선함과 소망 때문이었다는 걸. 긴 방학이 끝나고 개강이 가까워질 때 설레던 마음과 비슷한 느낌이라는 걸.

머잖아 저 꽃 옆에서 너도나도 봄까치꽃이 피어날 거다. 군락지니까. 먼저 핀 꽃을 보고 나도 필래, 나도 필래, 나설 것만 같다. 그러고 보니 저 한 송이 봄까치꽃은 훌륭하다. 다른 꽃들에게 모범을 보인 것 아닌가. 아직 바깥이 어떠한지 몰라 웅크리고 있는 꽃들에게 희망을 준 것 아닌가 말이다. 선두에 나서는 게 어디 쉬운가. 성질 급해서 먼저 핀 것이 아니다. 동

최명숙 봄까치꽃과 칼랑코에

료들보다 먼저 피어 모범을 보인 거다. 이제 꽃을 피워도 괜찮다고, 내가 먼저 피우지 않았느냐고, 따라 해보라고. 봄까치꽃이 그렇게 말하는 듯했다.

아주 오래전, 어머니와 건넌 마을에 갈 때였다. 개울에 놓인 징검다리를 건너야 했다. 생전 처음 스스로. 예닐곱 살 정도 되었을까. 어머니는 나를 업어서 건네주지 않고 앞서서 징검다리를 건너셨다. 겁이 났지만 뒤를 따라 폴짝폴짝 뛰어 징검돌을 밟았다. 징검돌이 흔들렸고 물에 빠질까 불안했다. 어머니는 이렇게 건너면 된다는 듯, 이따금 나를 돌아볼 뿐 말하지 않았다. 가까스로 다 건넜을 때 대견하다는 듯 미소를 지어 보이셨다.

저 한 송이 봄까치꽃은 어머니 꽃일까. 바람이 괜찮은지, 추위는 어떤지, 세상을 살펴보기 위해 먼저 핀 걸까. 그렇지 않고서야 군락지에서 두 송이도 세 송이도 아니고 꼭 한 송이가 저렇게 피었을 리 없다. 몸이 상하든 마음이 상하든 아랑곳하지 않고 자식들을 위한 것이라면, 무엇이든 할 수 있는 어머니 같은 한 송이 봄까치꽃. 한참 들여다보고 앉은 내 상상은 끝 간 데 모르고 번져나간다.

스스로 할 수 있는 힘을 길러주기 위해 흔들리는 징검다리를 건너게 한 어머니처럼 저 꽃도 그럴까. 이제 머지않아 봄까치꽃은 수없이 피어날 거다. 먼저 피어나는 꽃을 보고 따라서 앙금앙금. 나는 그때 그 꽃들 앞에 앉아 천천히 또 꽃을 감상하리라. 한 송이 꽃이 피기까지 그 안에 숨은 이야기를 유추해내면서. 세상의 이치가 사람이고 자연이고 다를 게 없다는 걸 생각하리라.

세상의 어머니들이 그만큼만 하면 어떨까. 삶의 모범을 보이는 것까지만. 그 이후까지 자식에게 애면글면하거나 할 일을 대신해줘, 나약한 자식들로 만들지 않기를. 내 생각은 비약되고 있다. 물론 필요할 때 도와줄 수 있겠지만 전적으로 맡아 해주는 것은 안 될 일이다. 그러면 자력으로 꽃을 피우지 못해 나약해질 테니까. 작은 바람에도 좌절하고 추위에 웅크려 꺾이며 세상이 두려워 나서지 못할지 모른다. 바라는 게 그것이 아니라면 스스로 삶의 꽃을 피우게 해야 하리라.

우리 집 발코니에 핀 칼랑코에 꽃이 그렇지 않은가. 추운 겨울, 어쩌다 물이나 한 번 주고 내박쳐두다시피 했는데, 제대로 눈길 한 번 주지 않고 안타깝게 지켜보지도 않았는데, 어느

최명숙 봄까치꽃과 칼랑코에

발코니 문틈으로 새어드는 찬바람을
겨우내 맞고 견딘 칼랑코에는 빨갛게 꽃을 피웠다.
빨간 별 모양의 칼랑코에 꽃이 말하는 듯했다.
고난을 견뎌야 꽃을 피울 수 있다고.

날 보니 예쁘고 귀여운 꽃이 피었다. 추위를 견디고 문틈으로 새어드는 찬바람을 맞으며 꽃대를 밀어 올리고 꽃을 피우다니. 빨간 별 모양의 칼랑코에 꽃이 말하는 듯했다. 고난을 견뎌야 꽃을 피울 수 있다고.

하지만 따뜻한 거실 창가에 놓아둔 칼랑코에는 달랐다. 같은 품종인데 꽃은커녕 꽃대조차 올라오지 않았다. 화려하게 꽃을 피울 거라고 믿었는데. 잎사귀가 무성했고 때때로 물을 주었으며 햇볕이 잘 들어오는 창가에 있었기 때문이다. 그런데 꽃대조차 올라올 기미가 없다니 이상한 일이었다. 따뜻한 곳에 있는 칼랑코에는 자력으로 꽃을 피울 필요가 없을 정도로 부족한 게 없었기 때문일까. 그래서 기본적인 의무도 잊었던 걸까. 발코니 문틈으로 새어드는 찬바람을 겨우내 맞고 견딘 칼랑코에는 빨갛게 꽃을 피웠건만.

갑자기 바람이 휙 불었다. 꽃잎이 흔들렸다. 바르르 떨던 꽃잎은 바람이 지나자 꿋꿋하게 그대로 있다. 언제 바람이 불었냐 싶게. 저렇게 작은 꽃 어디에 그 힘이 숨어 있는 걸까. 한 점 구름이 지나간다. 그림자가 꽃잎 위에 드리워진다. 지나고 나자 따사로운 햇볕이 다시 꽃잎을 어루만지듯 내리비친다.

최명숙 봄까치꽃과 칼랑코에

저 한 송이 작은 꽃에게도 이런저런 시련이 지나간다. 인생도 그렇지 않은가.

　　구름이 지나간 하늘은 티 없이 맑다. 봄볕은 더욱 따사롭고 바람까지 잔잔하다. 발코니에서 찬바람과 무관심을 이기며 피어난 칼랑코에 꽃, 노상에서 악조건을 견디고 피어난 한 송이 봄까치꽃처럼, 한 사람이 세상에서 삶의 꽃을 피우는 과정 또한 쉽지 않으리라. 작은 봄까치꽃 한 송이가 내 시선을 끄는 건, 꽃 한 송이가 우리의 삶과 다를 게 없다는 생각 때문이다. 무관심하게 내박쳐놓은 발코니에 핀 칼랑코에 꽃을 보고 감동한 것도.

　　봄까치꽃 앞에서 한동안 움직이지 못했다. 산책 나가는 중이라는 것도 잊은 채.

우리 집 강아지, 예삐

우리는 개를 키우지 않았다. 온 동네 집집마다 강아지 한 마리쯤 키우고 있을 때도 우리는 키우지 않았다. 아니 키우지 못했다. 동생들이 강아지 키우자고 조르고 졸랐지만 할머니는 눈도 꿈쩍하지 않았다. 안 돼야. 개가 사람 한 몫은 먹는 겨, 라면서. 그렇다. 우리 형편에 어찌 강아지를 키우랴. 그걸 아는 나는 강아지 키우자고 조르지 않았다. 동생들만 할머니를 조르고 졸랐다.

옆집 아이가 갓 낳은 새끼를 품에 안고 나와, 이봐라, 우리 '도꾸'다 하며 얄을 떨었다. 동생들은 시무룩해져 부루퉁한 입을 내밀며 집으로 들어왔다. 누나, 한 번만 안아보자고 했는데 싫대. 맞어, 우리는 왜 강아지가 없어? 동생들이 불퉁한 마음을 내게 호소해도, 역시 어린 나로서 어찌해볼 도리가 없었다. 동생들을 가만히 안아줄 뿐. 내 품에서 발딱거리는 막냇동생의 심장은 아쉬움으로 더 빨리 뛰는 듯했다.

처음 우리 집에 강아지가 생긴 건 밥술이나 먹게 되었을 때다. 버리는 음식이 생기자 할머니는 윗동네 어느 집에서 강아지 한 마리를 얻어 오셨다. 그 집 개가 강아지 일곱 마리 낳았다는 얘기를 할머니에게 들었을 때, 이상한 예감이 들기 시작했다. 이때나 그때나 내 촉은 비상하다. 그 촉으로, 옆집 도꾸를 만져보고 싶어 안달하다 입이 부루퉁해진 동생들에게 말했다. 우리 집에 강아지가 생길지 몰라. 동생들은 믿지 못하겠다는 듯 눈을 호동그랗게 뜨고 정말이냐고 재우쳐 물었다. 두고 봐, 너희들 나 믿지? 우리 집에도 강아지가 생길 거야. 조금만 참자. 동생들을 달랬다. 그런 지 한 달이 되었을까, 윗동네 마실 가셨던 할머니가 강아지 한 마리를 품에 안고 오셨다.

동생들은 환호성을 지르고 난리였다. 온몸이 하얀 암캉아지였다. 몸이 하얀 털로 덮여 있어 눈동자가 더 까맣게 보였다. 여름이었는데도 보드랍고 따뜻한 털을 가진 강아지를 동생들은 서로 안으려고 다투었다. 내가 정해주었다. 하루는 남동생이, 하루는 여동생이 안고 있도록. 나는 동생들이 강아지를 내려놓고 놀러 나갔을 때, 잠깐 안아보곤 했다. 보기만 해도 예쁜 강아지, 안아보니 정이 담뿍담뿍 드는 것 같았다.

강아지가 생기자 첫 번째로 할 일은 이름 짓기였다. 우리는 심사숙고했다. 강아지 이름을 짓느라 며칠 걸렸으니까. 당시 집집마다 있는 개들의 이름이 대부분 도꾸 아니면 쫑이었다. 메리도 흔한 이름이었다. 그전에는 털 색깔에 따라 누렁이, 검둥이, 흰둥이, 바둑이였고, 태어난 달에 따라 삼월이, 오월이, 유월이 같은 이름이었다. 좀 세련되고 새로운 이름이라는 게 뒷집의 해피 정도였다. 우리는 아주 예쁘고 신선한 이름을 짓느라 고심했다.

할머니는 강아지 이름을 아무거나 지어 부르면 되지. 몸 땡이가 하야니까 흰둥이로 혀, 라고 하셨다. 동생들이 안 된다고 이구동성으로 외쳤다. 아무리 우리 집에서 할머니 말씀이 법이라 해도, 그건 안 될 말이었다. 할머니도 흔쾌히, 그럼 너희들이 지어보라며 한 걸음 뒤로 물러섰다. 남의 집 개들과 다른 가장 예쁜 이름을 지어주고 싶었다. 동생들은 하루에도 몇 번씩 이 이름, 저 이름을 지어 와 어떠냐고 묻곤 했지만 나는

최명숙 우리 집 강아지, 예뻐

온몸이 하얀 암캉아지였다.
몸이 하얀 털로 덮여 있어 눈동자가 더 까맣게 보였다.
이름을 '예삐'라고 지었다. 하도 예쁘고 예뻐서 예삐다.

고개를 절레절레 흔들었다.

　지금도 나는 사람이든 동식물이든 이름에 관심이 많다. 그 관심이 강아지 이름 지을 때부터 생겨났을지도 모른다. 새 학기가 되면 학생들 이름을 빨리 외우기 위해 노력했다. 우리 아이들 이름을 내가 지었다. 주위 사람들로부터 아기 이름 지어달라는 부탁을 종종 받아 지어주곤 한다. 그 덕분에 이름 짓는 두꺼운 책이 두 권이나 있을 정도로 이름에 관심이 많다. 동식물이든 사람이든.

　이름은 그 사람의 특성을 떠올리게 한다. 그래서 부르기 좋고 뜻이 좋은 이름을 지어야 한다. 소설 창작을 할 때도 작가의 가장 중요한 작업이 인물 창조이지 않은가. 신은 인간을 창조했지만 작가는 인물을 창조한다. 고로 신과 작가는 동급이다. 뭐 이런 말이 있기도 하니까. 그만큼 인물 창조가 중요한데, 인물을 창조하는 방법이 서술과 묘사와 대화 그리고 이름 짓기 즉 명명법이다. 이렇게 중요하니 이름을 대충 아무렇게나 짓는다는 건 있을 수 없는 일이다. 아무래도 나는 어릴 때부터 소설가가 될 운명이었나 보다. 아, 비약이다.

　각설하고, 심사숙고한 끝에 강아지 이름을 지었다. '예삐'

　　　　　　　　　　　최명숙　우리 집 강아지, 예삐

다. 하도 예쁘고 예뻐서 예쁘다. 이보다 더 예쁘고 세련된 이름은 없다. 동생들이 손을 높이 들고 펄쩍펄쩍 뛰며 좋아했다. 마침 한글 전용 운동이 번져나가던 때였다. 그래서 한글 이름으로 지었다. 예쁘야, 예쁘야! 부르면 부를수록 입에 착착 감기는 게 여간 좋은 게 아니었다. 동네 개들의 이름 도꾸, 쫑, 해피 등과 비교할 바 아니었다.

할머니는 발음이 잘 안 돼서 이쁘 또는 여쁘라고 불렀다. 동생들이 성화했다.

"할머니이, 이쁘가 아니고, 여쁘도 아니고, 예쁘라니까."

"그려, 여쁘. 할미가 여쁘라잖여."

"아니, 예쁘라고. 다시 해봐, 응. 예쁘! 예쁘!"

동생들이 할머니 입을 쏘아보며 발음 연습을 시켰다. 할머니는 손주들 때문에 말 공부하게 생겼다며 웃으셨다. 그려, 그려! 여이쁘! 됐쟈? 내 귀에는 여전히 이쁘 또는 여쁘라고 들렸다.

동네 할머니들이 마실 오시면 한 번씩 웃음이 터지곤 했다. 옆집 할머니가 물었다.

"이 강아지 이름이 뭐랴?"

"이쁘랴."

"입비? 뭔 강아지 이름이 빗자루여. 그냥 빗자루라고 혀."

"아이구 그런 말 말어. 애들이 나한테 말 공부까지 시켰다니께. 몇 날 며칠 숙덕공론하더니 '여이쁘'라는 겨."

우리 마을에서는 마당 쓰는 긴 빗자루를 입비라고 했다. 서 있어서 입비라고 했는지 모르겠다. 그렇게 강아지 이름을 놓고 옥신각신하다 웃음을 터트렸다. 그럴 때 내가 나서곤 했다. 아니요, 여이쁘가 아니고, 예뻐요. 하도 예뻐서 예쁘라고 지은 거예요. 우리 집 강아지 이름은 예쁘예요. 아셨죠? 내가 아무리 말해도 할머니를 비롯하여 온 동네 사람들이 이쁘라고 불렀다. 히쭉거리듯 입을 비뚜름하게 하고. 아마도 빗자루를 떠올리는 듯했다.

예쁘는 모르는 사람을 보면 그 작은 몸을 흔들며 캉캉 짖어댔다. 우리가 학교 갔다 오면 꼬리를 살랑살랑 흔들며 맞이해줬다. 할머니는 예쁘가 금세 누룽지 값을 한다고 흐뭇해하셨다. 동생들은 고구마나 누룽지를 예쁘와 나눠 먹었다. 색다르게 먹이는 게 없어도 무럭무럭 자랐다. 어느 날 할머니는 다 큰 예쁘를 우리가 학교 가고 없을 때 팔았다. 받은 돈으로 찬

최명숙 우리 집 강아지, 예쁘

장을 샀고, 그릇을 샀다. 개 판 돈은 살림살이를 사야 한다나 뭐라나. 그런 속설이 있었다.

　동생들과 내가 울고 울다 지칠 때쯤 동네나 이웃 동네에서 새로운 강아지를 안고 오셨다. 그 강아지 이름도 예삐다. 원조 예삐가 가고 새로운 강아지가 와도 언제나 우리 집 강아지 이름은 예삐였다. 몇십 년이 흘러 할머니 돌아가실 때까지 있던 강아지도. 원조 예삐 이후 열 번째 강아지일지 더 될지 모르겠다.

　그 예삐는 밥 주던 할머니가 돌아가시자, 일주일이 넘도록 밥을 먹지 않았다. 우리는 할머니 장례 모시는 동안에도 먹고 웃었는데, 예삐는 먼 산만 멍하니 보고, 짖지도 먹지도 않았다.

한 봉 숙

Han Bong Sook

수국꽃 필 때면
소나무 예찬

한봉숙

충남 보령에서 태어나 어린 시절을
보냈으며, 무역학 및 교육학을 전공하였다.
출판인으로 푸른사상사를 설립하여
문학, 역사, 문화, 아동, 청소년 등 다양한
분야의 도서를 펴내고 있다. 문학잡지 계간
『푸른사상』의 발행인이다. 함께 쓴 책으로
『꽃 진 자리 어버이 사랑』『문득, 로그인』
『여자들의 여행 수다』『픕픕픕 부를 테니
들어줘』『우리, 그곳에 가면』 등이 있다.

수국꽃 필 때면

봄을 기다리고 있다. 무언가를 기다린다는 것은 참으로 설레는 일이다. 대지에 촉촉한 기운이 퍼질 그날을 기다리는 것은 어쩌면 축복일지도 모른다.

겨우내 얼어붙었던 땅에 훈훈한 기운이 돌며 아지랑이 아물거리는 봄날, 춥기만 하던 바람 끝이 며칠 사이에 부드러운 봄빛에 따사로워졌다. 우리 집에서 대를 이어 피고 있는 수국꽃 가지를 봄 햇살이 어루만져주고 있다. 모든 생명체들이 이제 잠에서 깨어 세상으로 나오려고 기지개를 켠다.

몽글몽글 생명을 품은 봄, 자연의 위대함을 또다시 느끼게 된다. 이 봄, 삶의 즐거움과 행복감에 흠뻑 젖어 가파른 고갯길에서 잠시 쉬어가듯 지나온 삶의 추억들을 꺼내어본다.

한봉숙 수국꽃 필 때면

    고향으로 가는 길은 흰 구름과 깊은 하늘색이 그려내는 다채로운 그림 같다. 해안도로를 따라 도착한 무창포 바닷가, 한없이 투명한 바다를 옆구리에 끼고 걷는 길, 시원한 바람이 얼굴을 스친다. 바쁜 일상에서 받은 스트레스와 머릿속을 가득 채운 이런저런 잡다한 생각들이 바람과 함께 날아가 버리는 순간이다. 구불구불 이어지는 고향의 옛길을 느릿느릿 걸어가노라면 옛사람들이 떠오르고, 순진했던 어린 시절의 나를 다시 만난다.

    나는 동물보다는 식물을 좋아한다. 어린 시절 농촌에서 자연과 더불어 자라서일까. 특히 어머니가 꽃을 좋아하셔서 우리 집은 계절에 따라 꽃이 흐드러졌다. 고향집 뒤뜰에는 앵두나무, 석류나무, 감나무, 무화과나무, 영산홍 등 여러 종류의 나무들이 숲을 이루다시피 하였고, 어머니가 자식을 키우듯 정성으로 가꾸는 꽃밭에는 채송화, 맨드라미, 물망초, 수선화, 목련, 장미, 칸나, 수국 등 꽃들이 제 나름의 빛깔과 향기로 계절마다 다른 분위기를 연출하며 집 안을 환하게 만들어 주었다.

    그중에서도 엄마는 초여름이면 활짝 피어 우리 집 꽃밭을 눈부시게 수놓았던 수국꽃을 좋아하셨다. 수수한 작은 꽃들이 하나로 뭉쳐 화사한 형상으로 피어나는 수국꽃. 엄마도 수국 꽃을 닮으셨던 듯하다. 평소엔 바느질 잘하고 음식 솜씨 좋은 살림꾼인데, 은근히 끼가 많아 민요창과 노래를 좋아하셨으 니. 엄마가 좋아하던 꽃이라 그런지 나 역시 수국을 좋아하게 되었다. 봄철 앞다투어 피었던 산수유, 진달래, 철쭉 같은 봄 꽃들이 지고 여름으로 가는 길목에서 날이 더워지다 보면 사 람도 차차 나른나른 지쳐 간다. 이럴 때 카멜레온처럼 여러 가 지 빛깔로 피어나 기분을 확 북돋아주는 꽃이 수국꽃이다.

60여 년 동안 한가족이 살며 부대낀 기억을 담은 집이 헐 리고 그 자리에 새집이 지어졌다. '옛것만으로도, 새것만으로 도 세상이 이어지지 않는다'고 했지만 고향을 찾을 때마다 아 쉽기만 하다. 엄마의 손때 묻은 옛 물건들이 사라지고 정성껏 가꾸시던 꽃밭도 이제는 볼 수 없다. 엄마의 흔적을 찾을 수 없어 아쉬운 마음에 새로 지은 집에 정원을 꾸미고 감나무, 석 류나무, 대추나무, 주목 같은 나무와 여러 종류의 꽃을 심어보 았지만 엄마의 손길로 만들어진 꽃밭을 재현할 수는 없었다.

봄철의 화려한 꽃들이 지고 여름으로 가는 길목,
날이 더워지다 보면 사람도 차차 지쳐가게 된다.
이럴 때 수국꽃은 카멜레온처럼 여러 가지 빛깔로 피어난다.

그러던 어느 해, 그 마당 가장자리에 수선화와 수국꽃이 고개를 내밀고 수줍게 피어났다. 누가 심어놓았겠거니 했는데 아무도 심은 적이 없다고 한다. 꽃을 발견한 언니들이 소란을 피웠다.

"이 꽃 우리 엄마가 가장 좋아했던 그 수국꽃이네!"

"그때 그 꽃이 다시 살아나 피었나 봐."

우리는 엄마가 다시 살아 온 듯 반기며, 그 수국꽃 잘 키워서 엄마 산소 옆에 다시 심어드리자고 했다.

오랫동안 어떤 손길도 닿지 않았고, 누가 돌봐준 것도 아닌데, 매서운 추위와 모진 바람 견디며 기꺼이 우리에게 다시 돌아온 수국꽃. 엄마가 없는 계절에 피어난 꽃을 보니 가슴이 아릿하다. 꽃이 눈부시고 엄마 생각에 눈이 시리다. 한순간 화려하고 아름답게 만개했다가 흩날려 사라지며 흔적마저 지워지는 꽃처럼 우리 인생도 다 때가 있는 것 같다.

살면서 속상한 일이 있거나 기쁜 일이 있으면 제일 먼저 생각나고 그리운 마음에 언제라도 달려가고 싶지만, 또 사는 게 바빠서 마음만큼 자주 찾아가지 못하는 곳이 엄마의 무덤이다. 그래서 우리는 추운 겨울이 지나고 제일 먼저 꽃망울을 터트리는 산수유를 비롯하여 영산홍, 수선화, 수국꽃까지 산소 주변에 골고루 심어 엄마의 꽃밭을 다시 만들었다.

지난해에도 엄마를 만나러 초여름 산을 올랐다. 소나무 숲을 지나, 여울물이 흘러내리는 소리를 따라가다 보면 수피가 불그레한 미인송들 사이로 수줍게 핀 수선화와 수국꽃이 우리를 반긴다.

산소에는 마침 수국꽃이 활짝 피어 있었다. 원래 수국꽃 빛깔은 울긋불긋 다양하지만, 지금까지 한 번도 보지 못한 색의 수국꽃이었다. 파란색도 아니고 코발트색도 아니고 뭐라 말할 수 없는 오묘한 색으로 풍성하게 피어 있었다. 지금까지 본 수국꽃 중에 그렇게 빛깔이 찬란해 보이는 색은 처음이었다. 이런 빛깔로도 꽃을 피울 수 있는 수국꽃에 나는 더욱 매료되었다. 그 꽃을 보는 순간 엄마의 모습이 수국꽃과 오버랩되어 한참을 떠나지 못하고 바라보고 있었다.

수국꽃은 토양 성분에 따라 꽃 빛깔이 다르게 피고 색깔에 따라 꽃말도 다양하다. 흰색은 변심, 분홍색은 소녀의 꿈,

보라색은 진심, 파란색은 냉정, 노란색은 짝사랑, 여러 꽃말을 가진 정말 카멜레온 같은 꽃이다.

누구나 꽃을 보면 생각나는 사람이 있을 것이다. 수국꽃이 필 때면 엄마가 그립고, 그곳으로 달려가고 싶어진다. 부모는 자식들의 추억이 되기 위해 산다는 말이 있다. 수국꽃이 피면 그 말이 더욱 실감난다.

엄마가 살아생전 키웠던 수국의 자손이 우리 집 정원에서도 대를 이어 꽃을 피우고 있다. 우아한 빛깔로 환하게 피는 수국꽃은 그리움을 일으키고 추억을 불러들인다. 그 시절 그 시간과 공간 속으로 돌아갈 수는 없지만 그 추억의 빛깔과 향기는 내 마음속에 스며들어 나를 위로해준다.

소나무 예찬

살갗에 닿는 바람의 느낌이 상쾌하고 기분 좋다. 스멀스멀 피어오르는 봄 안개를 품은 소나무 숲이 몽환적이다. 나무마다 봄물이 올라와 터질 듯하다. 숲은 빛깔로 소리로 향기로 우리를 치유한다.

한겨울에도 한결같이 초록 잎을 드리우고 늠름하게 서 있으면서 온갖 잿빛인 겨울 풍경 속에서 홀로 푸르렀던 소나무. 그렇게 혹독한 겨울을 견뎌낸 봄의 소나무는 고고한 자태가 더욱 빛난다. 쩍쩍 갈라진 두꺼운 수피가 지난한 세월의 흔적을 보여준다.

나는 나무 중에서 향기로운 침엽수를 가장 좋아한다. 침엽수 중에는 몇천 년을 사는 나무도 있다고 한다. 나는 침엽수 중에서도 소나무를 좋아한다. 소나무는 예부터 우리 주변에서 가깝게 만날 수 있는 흔한 나무지만, 겉모습으로만 평가할 수 없는 우리네 인생과도 많이 닮아 있는 것 같다.

소나무는 지조와 절개를 상징하는 차원 높은 나무라 한다. 늘 변함없는 푸르름을 유지하는 소나무, 나무마다 독특한 향기가 있지만 숲에 가면 소나무 향기에 몸과 마음이 치유되는 것 같다. 소나무의 자태는 어느 한 그루도 똑같은 형상이 없이 선의 미학을 연출해낸다. 예술로 재탄생시키기 위해 인고의 세월을 견뎌낸 소나무. 소나무의 표피는 그 나무의 역사와 면모, 얼굴이라고 한다. 온갖 풍우한서에서도 자세가 흐트러지지 않는, 기품 있고 아름다운 풍경을 만들어내고 있다. 웅장한 소나무 앞에 서면 그 기를 받아 내 기운도 살아난다.

소나무를 보면 생각나는 사람이 있다. 20여 년 동안 어쩌다 닿은 인연을 모른 체하지 않고 내게 많은 것을 베풀고, 삶의 굽이굽이 이런저런 우연으로 말미암아 따뜻한 온도를 느끼게 해준 사람, 내 인생의 보석상자 같은 사람이다. 그는 소나무를 좋아하는 나에게 송원(松園)이라는 호를 지어주었다. 의미 있는 환갑 선물을 해주고 싶다며, 호를 짓고, 인사동에서

한봉숙 소나무 예찬

혹독한 겨울을 견뎌낸 봄의 소나무는
고고한 자태가 더욱 빛난다.
쩍쩍 갈라진 두꺼운 수피가 지난한 세월의 흔적을 보여준다.

옥에다 낙관까지 새겨주었다.

직업상 다른 사람들의 글을 모아 책을 만들고 있는 나에게 직접 글을 쓰고 책을 만들어 그 책에 낙관을 찍으라고 새겨준 이름 송원. 함께 여행을 하며 촌스러운 이름 대신 '송원 선생'이라고 불러준 사람. 소나무가 나무 중에 으뜸인 것처럼, 내 인생에 으뜸인 '내 마음의 보석상자'를 만들어준 사람이다. 그러고 보니 나는 살면서 여럿 사람들에게 사랑을 받고, 참 많은 마음의 빚을 지고 있었다. 살면서 이런저런 인연으로 얽히고설킨 사람들이 나를 만들고 다듬는 거였다.

그와 나는 소나무를 찾아가는 많은 여정을 함께했다. 짙푸른 소나무 숲을 배경 삼아 바다가 내려다보이는 천리포 수목원의 소나무 숲속 찻집에서는 따뜻한 차 한 잔을 마시며 바람결에 스치는 향긋한 솔향기에 심신을 다스렸다. 오묘한 빛깔로 물결치는 바다는 두 눈으로 담아내기에 바쁜 시간 속에 소중한 사람들과 함께했던 지난날의 추억을 되살려주었다.

유유히 흐르는 강 너머로 긴 세월을 지켜온 병산서원의 수려한 비경이 떠오른다. '선비의 길'을 따라 걷다 보면 언덕

아무 산이나 올라가면 볼 수 있는 게 소나무지만,
생활하는 공간 가까이 두고 보는 소나무의 매력은 또 특별하다.
나는 사계절 소나무와 함께하며 얼룩지고 때묻은 마음을 씻는다.

너머에 한 폭의 수채화가 펼쳐졌다. 가평의 한옥에서 하룻밤을 함께 지새우고 이른 아침 숲속에서 이슬에 맺힌 솔꽃 향기에 취해 바람결 따라 걷기도 했다, 낙산사 소나무 숲길에서는 한 해 소망을 기원했고, 수원 화성의 '부모은중경' 소나무와 영·정조 왕릉을 둘러싸고 있는 도래솔을 바라보며 부모님 생각에 잠기도 했으며, 황순원 문학 배경지를 물어물어 찾아가던 길은 텅 빈 마음속에 상념과 감정이 뒤섞였으나 그와 함께여서 즐거웠다. 오솔길 따라 한참 걷다 강물이 머무는 곳에서 만났던 아름드리 소나무가 울창한 숲, 그 사이로 비치는 햇살이 계곡을 화사하게 물들였던 풍경. 우리는 새소리 물소리 어우러진 오지의 비수구미 마을에서 아련한 추억이 버무려진 비빔밥 한 그릇에 행복을 듬뿍 담고 돌아왔었다. 그 밖에도 더없이 소중하고 가슴 벅찬 순간들이 많았다. 그토록 아름다운 풍경과 순간을 언제 다시 느낄 수 있을까. 행복은 지나간 후에야 깨닫게 된다고 했던가.

처음 사옥을 짓게 되었을 때, 내가 좋아하는 소나무를 심고 싶었다. 그래서 설계할 때 제일 먼저 소나무 심을 자리를 만들어달라고 부탁하여 누구나 바라볼 수 있는 공간을 확보했다. 그리고 수형이 좋은 소나무를 심으려고 나무에 식견이 있는 분과 함께 북한산 자락의 소나무 정원 몇 군데를 돌아보았다. 수형과 수피가 좋은 것으로 골라보면 그 가격이 상상할 수 없는 수준이었다. 하지만 어느 정도 모양과 표피를 갖춘 소나무를 꼭 심어보고 싶어서 발품을 팔아 그래도 나에게 어울리는 우아한 자태 지닌 소나무를 찾아 심게 되었다.

지금은 크고 작은 소나무 여섯 그루를 사옥 주변에 심고, 가을이면 전지를 해주고 병충해에 걸릴까 살피며 함께하고 있다. 아무 산이나 올라가면 볼 수 있는 게 소나무지만, 생활하는 공간 가까이 두고 보는 소나무의 매력은 또 특별하다. 나는 사계절 소나무와 함께하며 얼룩지고 때 묻은 마음을 씻는다.

늘 푸른 소나무의 기상을 닮고 싶다. 종종 힘들고 지칠 때 그 향기와 기운으로 다시 일어서고 싶다. 소나무처럼 굳건한 인간의 절의를 곧게 세운 삶을 살아가고 싶다.

휘 민
Hwi Min

시가 삶보다 더 멀리 가기를 꿈꾸었다
달맞이꽃 그 아이

휘민

어려서는 가수가 되고 싶었다. 중고등학교
때는 문예반도 아니면서 문예반 친구들과
어울려 다녔다. 스물여섯 살에 늦깎이
대학생이 되고 나서 진짜 꿈을 찾았다.
『경향신문』신춘문예에 시가, 『한국일보』
신춘문예에 동화가 당선되었다.
시집 『생일 꽃바구니』『온전히 나일 수도
당신일 수도』가 있고, 동시집 『기린을 만났어』,
동화집 『할머니는 축구 선수』,
그림책 『빨간 모자의 숲』『라 벨라 치따』등을
펴냈다. '시힘' 동인으로 활동하고 있으며,
현재 동국대, 숭실사이버대, 한국교통대에서
강의하고 있다.

시가 삶보다 더 멀리 가기를 꿈꾸었다

삶이 시보다 간절하던 날의 기억

토요일 아침이었다. 나는 목이 길고 점잖은 초식동물 앞에서 "그물무늬기린 멸종 취약종"이라는 안내문을 읽고 있었다. '멸종 취약종'이라는 말이 비수처럼 다가와 내 가슴에 꽂혔다. 어쩌면 나도 '멸종 취약종'일지 모른다는 생각이 들었다. 본업이라 생각했던 시작(詩作)도 팍팍하던 생활 탓에 진전이 없고, 직업이라 생각했던 출판사 일도 사장과 뜻이 맞지 않아 사표를 던진 채 버티던 백수 시절이었다.

엎친 데 덮친 격으로 그 전날 남편이 나 몰래 늘려놓은 빚의 실체를 알게 되었다. 일주일만 쓰고 돌려준다는 지인의 말에 통장에 있던 돈에 카드론까지 받아서 빌려줬다가 못 받은 돈이었다. 사실 그 문제라면 결혼 초 6개월간의 월급 압류로 변제가 끝난 줄 알았다. 그런데 그게 끝이 아니었다. 나에게 면목이 없어진 남편이 제2금융권으로 대출을 갈아타면서 차압을 풀었던 거였다. 임시 봉합의 대가는 컸다. 그사이 금리가 높아져 매달 갚아야 할 액수는 더 늘어났다. 남편 혼자 감당할 수 있을 거라 믿었던 그 일이 은행에서 날아온 안내장 한 장으로 들통이 난 것이다.

갑자기 소행성과 충돌한 듯했다. 결혼 초의 악몽이 되살아났다. 그러나 머릿속의 혼돈과 달리 나의 태도는 담담했다. 그 상황에서 상대를 다그친다고 해결된 문제가 아니었기 때문이다. 끓어오르는 화를 삭이고 나니 왜소한 몸으로 가장의 무게를 견디고 있는 한 남자가 보였다. 가계에 더는 부담을 줄 수 없어 퇴근 후 아르바이트를 하며 다달이 밀려오는 은행의 독촉을 견뎌왔을 터였다. 그걸 생각하니 그렇게 마음이 짠할 수 없었다. 갑자기 불어난 부채가 아니라 불현듯 우리 앞에 펼쳐진 그날의 상황이 나를 더 속상하게 했다. '아, 사는 게 왜 이리 고단하냐.' 이런 속엣말이 절로 나왔다.

아무리 궁리해봐도 방법은 하나뿐이었다. 추가로 주택 담보 대출을 받아 남편의 대출을 갚는 것이었다. 이 또한 하석상대일 수 있지만 고금리의 이자는 어떻게든 피해야 했다. 해결책은 찾았으나 쉬이 잠들지 못했다. 담배를 피우느라 그랬는지 밤늦도록 현관문 여닫는 소리가 집 안의 정적을 깨웠다. 거실에 있던 남편도 아이를 재우느라 안방에 있던 나도 뜬눈으로 밤을 새우다시피 했다. 그러다 보니 어느새 창문에 여명이 번져왔다. 어스름한 푸른빛을 바라보는데 나도 모르게 코끝이 시큰해졌다. 목 안 가득 울음이 차올랐다. 하지만 울고 싶지는 않았다. 그건 무력한 백기 투항인 것만 같았다. 오기일지라도 그 순간만큼은 우리에게 고통을 던져주고 그걸 견뎌내는 각자의 방식을 시험하는 듯한 삶에 지고 싶지 않았다. 무릎을 끌어안고 앉아 목이 아플 때까지 천장을 바라보았다. 그러다가 문득 기린을 떠올렸다. 그렇게 결혼 후 가장 외로웠던 밤을 보내고 나는 아침 일찍 서울대공원으로 향했다.

온전히 혼자 있고 싶었지만 그럴 수 없었다. 내 옆에는 세 살 난 딸아이가 서 있었다. 싱글일 때와 달리 기혼의 삶은 더이상 내게 '온전히'를 허락하지 않았다. 젊은 시절에는 일부러

휘민 시가 삶보다 더 멀리 가기를 꿈꾸었다

기린은 이미 내 안에 있었다.
5미터가 넘는 큰 키에도 목뼈가 일곱 개뿐이고,
성대는 있으나 울음소리를 잘 내지 않는다는 것도
어딘가 나와 닮아 있었다.

찾아가지 않아도 고독이 내 곁에 머물렀으나 이제 그런 시간은 만들기도 어려웠다. 한때 역마살을 핑계 삼아 어디고 쏘다니는 걸 좋아했던 자유로운 영혼의 소유자였지만 결혼 후에는 그럴 여유가 없었다. 나의 처지가 마치 야성을 잃어버린 채 우리에 갇혀 사는 동물 같았다. 첫 시집을 출간할 때는 호기롭게 "비린내를 느낄 수 있는 동안만 삶"이라고 단언했지만, 정작 내 몸에서 비린내가 사라지고 있다는 사실은 몰랐던 것이다.

마음이 심란해서인지 그날 아침의 기린은 왠지 슬퍼 보였다. 서너 마리의 기린이 그늘막 밑에 매달아놓은 아까시나무의 잎사귀를 먹고 있었다. 이 문장이 팩트였다. 하지만 느긋해서 우아해 보였던 그 모습이 사바나가 아니라 우리에 갇혀 사는 대가라고 생각하니 안쓰러웠다. 나에게 기린은 마음 깊은 곳에 숨겨둔 연인이자, 누구에게도 들키고 싶지 않은 고독의 다른 이름이었는데 내 자존감의 마지막 보루라고 여겼던 그 존재마저 휘청이고 있었다.

내가 멍하니 기린을 바라보는 동안 아이는 기린사 옆에 있는 플라밍고들을 보고 있었다. 아이는 벌써 아름다운 새들의 붉은 춤사위에 마음을 빼앗긴 듯했다. 그 작은 다리로 외

휘민 시가 삶보다 더 멀리 가기를 꿈꾸었다

발 서기를 따라 하고 있었다. 뒤뚱거리다가 이내 두 발로 바닥을 딛길 반복했다. 금방이라도 넘어질 것 같았지만 아이는 쉽게 포기하지 않았다. 대견하다고 해야 할 모습이었지만 그때의 나에겐 보이지 않았다. 삶은 외발로 선 내 발밑에 있고, 이상은 눈앞에 있어도 닿을 수 없는 기린처럼 멀리 있었다.

아니, 틀렸다. 기린은 이미 내 안에 있었다. 5미터가 넘는 큰 키에도 목뼈가 일곱 개뿐이고, 성대는 있으나 울음소리를 잘 내지 않는다는 것도 어딘가 나와 닮아 있었다. 기린을 만나 잃어버린 고독을 되찾고 단내나는 일상을 위로받고 싶었으나 허사였다. 모든 게 원점으로 돌아온 듯했다. 그날 나는 기린 앞에서 이런 생각을 했다. 어는점과 녹는점이 같은 온도라면 0도로 낮아진 지금의 내 마음은 액체와 고체 중 어느 쪽에 더 가까운 것일까? 그러나 해답은 찾지 못했다. 다만 분명한 것은 내 곁에 있던, 고체처럼 견고한 것들이 어디로 가는지 방향도 알려주지 않은 채 액체처럼 유동하고 있다는 사실이었다.

기린이 건넨 위로와 행복

　　한동안 "눈을 감아도/숨길 수 없는 속눈썹"(졸시, 「기린」)처럼 그리움과 고독의 다른 이름이었던 기린이 다른 의미로 다가오기 시작한 것은 동시를 쓰면서부터였다. 어느 날 거리를 걷다 보니 도로 양옆으로 기린이 줄지어 서 있는 게 보였다. 세상에 도시 한가운데 기린이라니! 그 순간 나는 왜 이제야 알아챘을까 하며 나의 둔함을 탓했다. 그러곤 이내 행복한 상상에 빠져들었다. 하지만 거리를 지나던 사람들은 알 턱이 없었을 것이다. 오히려 나를 이상하게 쳐다보았을지 모른다. 왜 아니겠는가. 노트북과 책들이 가득 담긴 불룩한 백팩을 메고, 인도를 걸어가던 마흔이 넘은 여자가 갑자기 플라타너스를 올려다보며 실없이 웃고 있었으니…….

　　버스를 기다리고 있었거든
　　그런데 자꾸 누가 나를
　　보고 있는 것 같아

　　　　　　　휘민 시가 삶보다 더 멀리 가기를 꿈꾸었다

누굴까? 누굴까?
주위를 둘러봐도
아는 사람 하나 없는데

그때,
바닥에 아빠 손바닥만 한
나뭇잎 하나 떨어지는 거야

그제야
고개를 쭈욱 빼들고
하늘을 올려다보았거든

세상에,
그곳에 기린이 있는 거야

얼룩덜룩 무늬 옷 입고
키다리 아저씨가
나를 보고 웃고 있는 거야

—「기린을 만났어」 전문

이 동시를 쓰면서 나에게 기린은 기분 좋은 상상의 새로운 입구가 되었다. 그사이 아이는 초등학생이 되었고, 아이가 다섯 살 되던 해에 박사과정에 들어갔던 나는 논문을 쓰느라 고군분투 중이었다. 육아와 살림, 그리고 학업과 강의까지 무엇 하나 소홀할 수 없는 상황이었지만 고단함의 끝에서 마주한 비린내 덕분에 행복했던 시절이었다. 비로소 내가 푸릇하게 살아 있는 것 같았다. 돌이켜보니 그것은 나에게서 나는 냄새가 아니라 바람 비린내였는지도 모르겠다. 아이를 낳고 기르며 한곳에 너무 오래 머물다 보니 내가 정착을 위해 닻을 내린 게 아니라, 안일이라는 덫에 걸려든 것일지도 모른다는 생각을 했었으니.

집이 아니라 길 위에 있을 때 가장 마음이 편했던 시절이었다. 일주일에 하루, 왕복 네 시간을 운전해 충주까지 강의를 다녀와도 그 시간이 즐거웠다. 봄부터 겨울까지 일주일마다 달라지는 계절의 변화를 오롯이 혼자 만끽할 수 있는 시간이었다. 때마침 남편의 직장을 따라 경기도 화성으로 이사한 터라 서울에서보다 자연을 더 가까이서 만날 수 있었다. 논문을 쓸 때는 병점도서관을 자주 찾았는데 근처에 굴참나무가 우거진 공원이 있었다. 아이를 학교에 보내고 도서관 2층 노트북실에 앉아 논문을 썼다. 그러다가 생각이 잘 풀리지 않으면 근처의 숲길을 한참 동안 걸었다. 비가 오지 않으면 굴참나무 아래 벤치에 앉아 점심을 먹었다. 때때로 다람쥐를 보았고, 도토리가 도시락 옆으로 떨어지는 날도 있었다. 그런 환경 덕분에 논문을 쓰는 틈틈이 동시와 동화를 쓸 수 있었다.

하지만 저마다의 삶이 그렇듯 그 시절에도 고통스럽고 힘든 날들이 많았다. 여든을 며칠 남겨두고 고관절이 부러진 엄마는 생의 마지막 3년을 요양병원에서 보내야 했다. 하루하루 소멸을 향해 힘겹게 걸어가던 엄마를 지켜보는 일은 너무나 고통스러웠다. 그렇다고 슬픔에만 빠져 있을 수도 없었다. 엄마가 오래 버티실 수 없을 것 같았다. 고통의 임계점이 점점 다가오는 게 느껴졌다. 불안한 만큼 마음이 조급해졌다. 엄마가 살아 계실 때 어떻게든 논문을 마치고 싶었다. 그때부터 엄마와 마주한 시간은 일주일에 두 번이 한 번이 되고, 한 달에 두 번이 한 번이 되어갔다. 데드라인(deadline)이라는 말이 그토록 절실하고 뼈아프게 다가온 적은 없었다. 논문 심사를 받

을 때도 마음속으로 엄마에게 부탁했다. '엄마, 힘드시겠지만 조금만 더 견뎌주세요.'

간절함에 대한 응답이었을까. 엄마는 내가 박사학위를 받은 뒤 1년을 더 우리 곁에 머물다가 아버지가 계신 곳으로 돌아가셨다. 그리고 그해에 나는 첫 동화집과 두 번째 시집을 펴냈다. 이듬해에는 첫 그림책을 출간했고 2020년에는 두 번째 그림책과 첫 동시집을 세상에 내놓았다. 그 가운데 동시집은 화성에서 아이와 쌓은 추억이 고스란히 담겨 있어 더욱 각별한 작품집이었다. 제목을 무얼로 정할까 고민을 하다가 이내 스스로 만족할 만한 해답을 얻었다. 『기린을 만났어』는 그렇게 탄생했다.

돌이켜보니 나는 언제나 시가 삶보다 더 멀리 가기를 꿈꾸었던 것 같다. 그러나 시가 삶에서 멀어지려 하는 순간 나는 번번이 삶이 주는 고통에 붙들려 있곤 했다. 이제 지천명에 이르고 보니 조금은 알 것 같다. 시가 있어야 할 자리가 곧 삶의 자리였다는 것을. 고백하건대 이제는 기린이라는 말에서 그 시절만큼 간절함이 느껴지지 않는다. 지나온 시간만큼 내 마

휘민 시가 삶보다 더 멀리 가기를 꿈꾸었다

음이 단단해진 걸까 하고 자문해보지만 그렇지는 않은 것 같다. 오히려 고체처럼 견고했던 마음을 한 꺼풀 벗겨내 비로소 액체처럼 말랑한 속살을 마주했다고 해야 할 것이다. 마음은 그런 것 같다. 억지로 가둔다고 갇히지 않고 저 홀로 멀리 갔다가 다시 돌아오기도 하는 것. 어쩌면 내게 기린은 그런 존재가 아니었을까.

하지만 앞으로도 기린에 대한 나의 사랑을 계속될 것이다. 이 글을 쓰고 있는 지금도 내 눈에는 세 마리의 기린이 보인다. 연필꽂이에는 기린 모양의 봉투칼이 있고, 책장 위에는 맨 처음 서울대공원에 갔을 때 아이에게 사주었지만, 이제는 내 것이 된 기린 인형이 있다. 그리고 읽다 만 책 속에는 아이가 그려준 기린 그림 북마커가 있다. 요즘 나는 어떻게 하면 더 아이 같아질까 고민 중이다. 이제 나의 기린에게 명랑함을 되찾아주고 싶다. 내 마음속 기린과 함께 행복한 여행을 하고 싶다.

달맞이꽃 그 아이

꽃은 언제 받아도 기분 좋은 선물이다. 생일이나 졸업식에서 받는 꽃도 좋지만 가족이나 지인이 아무런 이유 없이 불쑥 건네는 꽃은 더 큰 감동으로 다가온다. 아주 오래전에 노란 달맞이꽃을 선물 받은 적이 있다. 그것도 두 번이나. 처음엔 잎 겨드랑이에 여러 송이가 매달린 작은 꽃가지였고, 다음번엔 그보다 두어 배쯤 크고 탐스러운 달맞이꽃 한 송이였다. 내게 잊을 수 없는 달맞이꽃을 선물한 이는 중학교 3학년 때 같은 반 친구였다.

어느 날 아침 자습 시간이었다. 9시가 다 되어가는데 짝 꿍이 오지 않고 있었다. 그런 일은 처음이었다. 이상한 마음에 나는 자주 교실 문을 쳐다보았다. 조금 있으면 수업 종이 울릴 터였다. 바로 그때 교실 뒷문이 열리고 헐레벌떡 그 아이가 뛰어 들어왔다. 그러더니 자리에 앉으며 내게 서너 개의 꽃송이가 매달린 꽃을 내밀었다. 달맞이꽃이라고 했다. 그 아이의 검은 머리칼은 촉촉이 젖어 있었고 이마에는 송골송골 맑은 땀방울이 맺혀 있었다.

다음 날에도 그 아이는 수업 시작종이 울릴 무렵 급하게 뛰어 들어왔다. 이마에 흐르는 굵은 땀방울을 훔치며 아이는 또다시 내게 달맞이꽃을 내밀었다. 어제 것보다 훨씬 큰 꽃이었다. 담임선생님이 교실을 둘러보고 나가시자 그제야 간신히 숨을 고른 아이가 나지막하게 속삭였다. 어제 준 건 보통 달맞이꽃이고, 이건 돌연변이인 왕달맞이꽃이라고. 학교 오는 길에 철길을 건너는데 그곳에 달맞이꽃이 무리 지어 피어 있다고 했다.

그날 나는 달맞이꽃을 처음 보았다. 생물책에서나 보던 달맞이꽃 돌연변이가 눈앞에 있다니, 그건 지금 생각해도 신기한 체험이었다. 잠시 노란 달맞이꽃이 하늘거리는 간이역의 아침 풍경을 떠올려보았다. 무척 낭만적일 것 같았다. 하지만 이런 마음을 그 아이에게 들키고 싶지는 않았다. 애써 담담한 척 고맙다는 말 한마디로 꽃을 건네받았다. 그리고 책갈피 어디쯤에 그 꽃을 껴묻었다. 그러잖아도 꽃이 시들해지는 아침에, 가지가 꺾인 채 내 손까지 도착한 달맞이꽃은 이미 풀이 많이 죽어 있었다. 그것이 그날 아침 내가 할 수 있었던 그 아이와 달맞이꽃에 대한 최고의 예우였다.

아침마다 그 아이의 이마는 젖어 있었다. 급하게 달려와 자리에 앉을 때면 풀썩 땀 냄새가 올라왔다. 한동안은 그 이유를 몰라 퍽 불쾌하게 생각했었다. 그러다가 나중에 알게 되었다. 그 아이가 집에서 학교까지 한 시간이 넘는 거리를 매일 걸어 다니고 있다는 사실을.

면 소재지에 있었지만 내가 다닌 중학교는 작은 학교가 아니었다. 한 반에 55명씩 8학급이 한 학년이었고 전교생이 1,300명이 넘었다. 이 정도 규모면 청주 시내의 여느 중학교와 견주어도 뒤지지 않았다. 공부도 군내에서는 제일 낫다는 평을 들었다. 그 당시 내 성적은 그리 대단치는 않았지만 반에서 손꼽히는 정도는 되었다. 장난기와 유머 감각이 조금 있던 터

휘민 달맞이꽃 그 아이

우부룩하게 자라난 풀들 속에서
달맞이꽃이 홀로 큰 키로 우뚝 서 있었다.
누가 심은 것도 아닌데 들판에서 저절로 자라나고
저 홀로 피어난 달맞이꽃을 보면서
아주 오랫동안 잊고 있었던 그 친구를 떠올렸다.

라 한통속이 되어 몰려다니던 친구들도 여럿 있었다.

그 아이가 우리 학교에 전학 온 것은 2학년 2학기가 시작되던 초가을이었다. 얼굴이 알려지기도 전에 학내에는 그 아이에 대한 소문이 무성했다. 전에 다니던 학교에서 전교 1등을 도맡아 하던 아이라고 했다. 반에서 공부 좀 한다는 아이들이 술렁거린 것도 당연했다. 쉬는 시간에 슬쩍 옆 반 친구를 만난다는 핑계로 그 아이를 보러 갔다. 대체 어떤 아이인지 궁금해서 견딜 수가 없었다.

그 아이는 보통 키에 뽀얀 얼굴 그리고 조금 통통한 몸매를 하고 있었다. 유난히 검은 머리칼은 직모에 가까워 짧게 자른 앞머리가 남자아이처럼 삐죽빼죽했다. 그 바람에 안경 너머로 보이는 눈매가 무척 날카롭게 느껴졌다. 그로부터 얼마 지나지 않아 우려했던 일은 현실이 되었다. 그 아이가 중간고사와 기말고사를 석권한 것이다. 3학년이 되면서 치른 그 숱한 일제고사들도 싹쓸이해버렸다. 그 후 졸업할 때까지 우리 학교의 전교 1등은 바뀌지 않았다.

그런데 하필, 나는 그 아이와 짝꿍이 된 것이다. 게다가 키가 비슷해서 나는 33번, 그 아이는 34번 앞뒤 번호였다. 내

실력이 그 아이에 한참 못 미치는 게 사실이라지만, 전교 1등 옆자리에 앉는 것은 그리 유쾌한 일이 아니었다. 학기 초에는 거의 모든 교과 선생님들이 한 번씩 그 아이를 호명했다. 그러곤 '아, 네가 전교 1등이구나.' 하는 눈빛으로 고개를 끄덕이셨다. 그럴 때마다 그 아이는 수줍게 얼굴을 붉혔지만 나는 괜스레 뒤통수가 뜨거워졌다.

단원이 끝날 때마다 쪽지시험을 보던 수학 시간은 또 어떠했는지. 나의 평균점수를 무참히도 깎아내리던 그 가혹한 수학. 그것도 모자라 나의 형편없는 실력을 짝꿍한테 적나라하게 드러내야 하는 괴로움이라니. 한 단원이 끝나면 으레 수학 수업은 쪽지시험으로 대체되었다. 맞닿아 있는 책상 위로 책가방 하나 올리고 나면 선생님께서 칠판에 열 문제 정도를 적었다. 20분이 지나면 짝과 답안지를 맞바꿔 점수를 매겼다. 그리고 틀린 개수만큼 자리에서 일어나 손바닥을 맞았다. 그 단단하던 산수유나무가 손바닥에 차례로 붉은 자국을 남길 때마다 결기 어린 내 자존심에도 붉은 줄이 좍좍 그어졌다.

아마도 그래서였을 것이다. 내가 그 아이에게 마음을 터놓거나 친절하지 못했던 것은. 비교할 수 없는 상대에게 심한 열등감을 느끼고 있었으니 자격지심이 맞다. 그 아이가 보기에도 내가 좀 억지스럽게 고집을 피운 때도 있었다. 못되게 군 적도 있었다. 옆자리 친구를 놔두고 부러 멀찌감치 떨어져 있는 친구들과 도시락을 먹었다. 삼삼오오 몰려다니기 좋아하던 시절이었건만, 그 아이와 팔짱을 끼어본 적도 손을 잡아본 적도 없었다.

가정 시간에는 이런 일도 있었다. 치마를 만들기 위해 서로 허리둘레를 재주기로 했다. 나는 어떻게든 그 아이보다 허리가 가늘어 보이고 싶은 마음에 한참이나 숨을 참고 뱃가죽에 힘을 잔뜩 주었다. 이런 나의 행동이 좀 심하다 싶었는지 너무 타이트하지 않느냐고 하는 걸, 그게 원래 내 허리 사이즈라고 우겨댔다.

그래도 내가 그 아이보다 잘하는 게 있기는 했다. 체육과 음악, 달랑 두 과목이었지만. 그런데 그마저도 어찌나 약이 오르던지……. 누가 봐도 재주는 내가 더 나은데 점수는 그렇지도 않았다. 이유는 간단명료했다. 그 아이는 타고난 천재가 아니라 무엇이든 열심히 하는 노력파였다. 체육시간에는 땀을 뻘뻘 흘리면서도 철봉에 끝까지 매달려 있었고, 오래달리기를 할라치면 나에게 뒤처지지 않으려 더욱 이를 악물었다. 고운 목소리는 아니었지만 나보다 더 열심히 노래를 불렀고, 자신이 부족하다고 생각되면 서슴없이 다시 부르게 해달라고 선생님께 간청했다. 내가 선생님이었다 해도 그런 아이에게 점수를 박하게 줄 수는 없을 것 같았다.

　나름대로 마음고생을 하며 보낸 한 해가 지나고 졸업이 다가왔다. 고등학교 입시에서도 그 아이는 좋은 성적을 냈다. 청주 시내 모 여상의 수석 자리를 따놓은 상태였다. 동기 중에 유난히 수석 혹은 차석 입학자가 많이 나와 선생님들도 싱글벙글이셨다. 졸업식장에서 육성회장상이며, 협력단체장상이 그 아이에게 쏠리는 건 당연했다. 나도 상을 받기는 했다. 우등상과 3년 개근상. 하지만 똑같은 상이라도 교단에서 받는 상과 교실에서 나눠주는 상은 달랐다. 그날의 스포트라이트도 예외 없이 그 아이에게 쏟아지고 있었다.

　강당에서 졸업식을 마치고 교실로 돌아왔다. 담임선생님과 악수를 하고 이제 헤어져야 하는 친구들과 아쉬운 마음을 나누었다. 아이들이 하나둘 교실을 떠나고 나도 가방을 챙겨

교실을 나가려던 참이었다. 그 아이가 내게 다가오더니 곱게 접은 편지와 초콜릿을 내밀었다. 뜻밖의 선물이라 적잖이 놀랐으나 긴말은 하지 못했다. 잘 지내라는 말 한마디 겨우 했을 뿐이다. 집에 오는 차 안에서 편지를 읽었다. 그동안 함께 지낼 수 있어 즐거웠다고, 좀 더 친해지고 싶었는데 그러지 못해 아쉬웠다는 내용이 깨알처럼 박혀 있었다. 그런 마음을 몰랐던 것은 아니었기에 더 미안했다. 미안함의 크기가 내 옹졸함의 크기라는 것을 알았지만 나는 끝내 옹졸했던 것이다.

고등학교에 입학하고 얼마 지나지 않아 그 아이의 소식을 들었다. 부모님이 함께 교통사고를 당해 아버지가 돌아가시고, 그 충격으로 어머니가 누워 계신다는 비보였다. 그 후 아이는 3년 동안 장학금을 받을 수 있는 수석 입학생의 자리를 내려놓고 산업체 학교를 찾아 대구로 내려갔다. 시골에서 손수 개척교회를 짓고 선교 활동을 하던 아버지가 돌아가신 데다, 어머니마저 쓰러지셨으니 삼 남매의 장녀로서 자신의 학업보다 가족들의 생계가 더 막막해서 그랬을 터였다.

그 후로 나는 한동안 알 수 없는 죄책감에 시달렸다. 내게 다가오고 싶어 하는 친구에게 곁을 내주지 못했던 미안함과 아무것도 나누어주지 못했다는 뒤늦은 회한이 마음을 무겁게 했다. 그 아이 소식을 기다리며 편지함을 뒤적이는 날들이 있었지만 끝내 아무런 소식도 들을 수 없었다. 그래도 내 나름의 확신은 있었다. 아무리 힘든 시련이 닥쳐온다 해도 그 아이라면 꼭 이겨낼 수 있을 거라는 믿음. 그게 당시로선 내가 그 아이에게 전할 수 있는 최선의 응원이었다.

지난여름, 자전거를 타다가 의정부 어디쯤에서 노란 꽃을 보았다. 자전거를 잠시 멈추고 바라보니 짐작대로 달맞이꽃이었다. 우부룩하게 자라난 풀들 속에서 달맞이꽃이 홀로 큰 키로 우뚝 서 있었다. 누가 심은 것도 아닌데 들판에서 저절로 자라나고 저 홀로 피어난 달맞이꽃을 보면서 아주 오랫동안 잊고 있었던 그 친구를 떠올렸다. 소식이 끊어진 지 오래지만 어딘가에서 분명 좋은 선생님이 되어 있을 것 같았다. 그리고 그날 비로소 알게 되었다. 달맞이꽃의 꽃말이 기다림이라는 것을……

박 혜 경

Park Hye Kyung

안녕 율마
애견에 대한 단상

박혜경

대전에서 태어나 어린 시절에 서울로 와서
성장했다. 문학을 좋아해서 문예창작을
공부했다. 가천대학교 국문과에서 석박사
과정을 마치고 문학박사 학위를 받았다.
현재 한밭대학교에서 학생들을 가르치고
있다. 저서로 『오정희 문학 연구』, 공저로
『문화사회와 언어의 욕망』『시적 감동의
자기 체험화』『김유정과의 산책』 등이 있다.

안녕 율마

　토요일 오전, 주말이 주는 여유 덕분에 커피와 간단한 아침 식사를 챙겨서 베란다로 나갔다. 아직 춥지 않을까 하며 망설이던 남편도 '꽃 구경하자'고 권하자 반색을 하며 나온다. 요즘 우리 집 베란다에 놓아둔 테이블에는 예쁜 꽃들이 활짝 피어 있다. 칼랑코에, 퀸로즈, 수선화, 칼라까지. 칼랑코에와 퀸로즈는 작년에 이어 올해에도 꽃이 피었다. 우리 집에 와서 잘 자라고 꽃을 피운다는 것이 신비롭고 고마운 일이다. 이런 즐거움 때문에 식물을 키우는 게 아닐까 싶다. 요사이 나의 관심을 제일 끄는 것은 수선화이다. 꽃대마다 앞다투어 꽃망울을 터트리더니 어느새 다 피었다. 노란 수선화를 보고 있자면 나르시시즘이라는 꽃말의 의미를 알 것 같다. 그만

　　　　　　　　　　　박혜경 안녕 율마

노란 수선화를 보고 있자면
나르시시즘이라는 꽃말의 의미를 알 것 같다.

큼 예쁘고 눈길을 사로잡는다. 정호승 시인의 시 「수선화」가 사람들의 외로움을 달래주듯이 요즘 나의 일상에 소소한 즐거움을 준다.

꽃 구경을 마치고 베란다의 화분들을 천천히 살피다 보니 겨우내 제대로 돌보지 않은 화분들이 눈에 들어온다. 울긋불긋 단풍잎을 보여주었던 크로톤은 어느새 시들시들해져서 정리를 해줘야 할 것 같다. 엄마네서 얻어온 선인장은 그럭저럭 잘 크고 있어서 다행이다. 사막에서 자라는 선인장이라 생명력이 강한 것인가. 그래서인지 밑동만 덩그러니 남아 있는 율마*가 더 눈에 띈다. 든 자리는 몰라도 난 자리는 안다고 율마의 빈자리가 서운하기만 하다. 그동안은 아쉬운 마음에 남겨뒀었는데 이제는 빈 화분을 치울 때가 된 것 같다.

지금 살고 있는 집으로 이사 온 첫봄에 율마가 우리 집에 왔다. 화원에 가서 이것저것 화분을 사면서 공기 정화에 좋고

---

* 율마 : 학명 Cupressus macrocarpa(측백나무과의 식물) 중에 wilma라는 품종이 있는데, 일상적으로 사용되는 '율마'라는 이름은 이 wilma에서 나온 것이다. 따라서 '율마'는 '윌마'라고 쓰는 것이 외래어 표기규정에 적합하지만 '율마'로 통용되고 있으니 이 글에서도 '율마'라고 부르겠다.

박혜경 안녕 율마

크리스마스트리처럼 미끈하게 잘 빠진 외모도 일품이지만
율마의 진짜 매력은 향기에 있다.
마치 초록 나무들이 빼곡한 숲에서 흙길을 밟으며
피톤치드를 마음껏 마시는 기분이 든다.

병충해 없이 무난하게 잘 키울 수 있다는 얘기에 구입했었다. 그로부터 삼사 년간 율마를 재미있게 잘 키웠다. 처음 우리 집에 올 때는 별로 눈에 띄지도 않고 특별할 것도 없는 작은 화분이었는데 시간이 갈수록 빛이 났다. 연둣빛 잎이 듬성듬성한 꼬마 화분이었는데 어느새 초록빛으로 진해지고 풍성하게 채워졌다. 율마는 햇빛을 받을 때 더 선명하고 예뻐지는데, 볕이 좋은 우리 집과 안성맞춤인 셈이었다. 해가 좋은 날 율마를 바라보는 것만으로도 눈과 마음이 시원해지는 기분이었다. 좋아하는 물만 충분하게 잘 주면 까다롭지 않게 무럭무럭 자랐다. 그야말로 말 잘 듣고 속 한 번 썩이지 않는 모범생이었다.

크리스마스트리처럼 미끈하게 잘 빠진 외모도 일품이지만 율마의 진짜 매력은 향기에 있다. 율마를 키워본 사람이라면 누구나 공감할 것이다. 율마의 잎을 가볍게 쓰다듬으면 세상에서 가장 무해하고 청정한 향기가 난다. 내게는 그 어떤 아로마테라피보다도 효과적이다. 마치 초록 나무들이 빼곡한 숲에서 흙길을 밟으며 피톤치드를 마음껏 마시는 기분이 든다. 때로 기분이 언짢거나 스트레스를 받을 때는 평소보다 조금 거칠게 만진다. 마치 불꽃이 터지듯 진동하는 향기뿐 아니라 만질 때 느껴지는 까칠까칠한 감촉은 기분 좋은 자극을 선사한다. 너무 예민하지 않아 조심하지 않아도 되니, 나에게 스트레스를 주는 대상이라도 만난 듯 율마를 위아래로 툭툭 치고 만지다 보면 어느새 내 마음도 가라앉는 것을 느낀다.

사람들은 흔히 사랑의 유효기간을 이야기한다. 적어도 율마에 대한 사랑은 현재진행형이었는데 우리의 이별은 너무 빨랐다. 같은 이유로 사랑에 빠지고 이별도 한다는 말은 참 모순적이지만 율마와의 경우도 그랬다. 쑥쑥 잘 자라서 예뻤지만 나중에는 집에서 키우기에는 버거운 상태까지 이르렀다. 어느새 율마는 내 키보다 더 커서 물뿌리개로 물을 줄 때는 까치발을 해야만 했다. 성장이 너무 빠르면서 기쁨과 걱정이 교차되었다. 너무 큰 화분을 집에서 키우는 것이 안 좋다는 속설은 차치하더라도, 율마에게 적합한 큰 화분을 찾는 것 자체가 어려웠다. 형편만 된다면 마당에 심어주면 딱 좋을 것 같았다. 어쨌든 분갈이를 해줘야지 마음을 먹으면서도 차일피일 시간만 미뤘다.

때마침 엄마가 큰 화분을 준비해주셨고 나와 남편은 율마의 분갈이를 결정했다. 전문가에게 맡길 수도 있었지만 몇 번

해본 경험도 있고 하니 우리 힘으로 해보기로 했다. 볕이 좋은 가을날에 우리는 율마의 분갈이를 하기 위해 분주했었다. 유튜브를 찾아보고 좋은 흙을 준비하고 어떤 비율로 배합할지 알아두고 새 화분도 깨끗이 닦아놓고 만반의 준비를 했다.

그런데 막상 분갈이를 시작하고는 둘 다 허둥지둥 당황했다. 율마의 뿌리가 너무 커서 건드릴 엄두가 나지 않을뿐더러, 혹시라도 잘못 만져 뿌리를 상하게 할까 봐 걱정이 됐다. 얽히고설킨 뿌리가 율마의 전 생애와 역사를 품은 듯하여 더 소중하게 여겨졌다. 놀라고 조심하는 마음은 괜스레 남편을 향한 잔소리로 이어졌다. 뿌리를 살살 만져라, 율마의 중심을 잘 잡아라, 흙을 더 채워라 서로 옥신각신하면서 힘겹게 분갈이를 마쳤다. 율마가 흙냄새를 잘 맡고 특유의 생명력과 자생력으로 잘 자라기를 바랐다.

분갈이 후 더 예민하게 율마를 살폈다. 잎의 상태와 색깔을 점검하고, 수시로 향기도 맡아보았다. 어떤 날은 예전과 조금 다르게 보이기도 했지만 기분 탓이려니, 일조량 탓이려니, 적응 시기려니 생각하면서 다른 날보다 더 시원하게 물을 주었다. 그런데 시간이 흐를수록 잎 색깔이 조금씩 탁해진다는

박혜경 안녕 율마

느낌이 들었고 향기마저 예전 같지 않았다. 불길한 예감은 현실이 되었고 율마는 순식간에 갈변이 됐다. 분갈이를 괜히 해줬다는 후회가 들었지만 이미 엎질러진 물이었다. 나는 애써 무감해지려고 했다. 하지만 마음은 감출 수가 없었다. 갈변된 부분부터 잘라내기 시작했는데 나중에는 굵은 가지와 줄기마저도 다 베어내야 했다. 율마의 밑동에서 새잎이 나기를 바랐기에 차마 치울 수 없었다.

그렇게 시간이 꽤 흘러서 해가 바뀌었다. 이따금 햇살 좋은 날, 가슴이 답답할 때 율마 화분을 넌지시 쳐다본다. 사진이라도 한 장 찍어둘걸 하는 아쉬움에 한창 때의 그 모습을 떠올려보기도 하고, 기억 속에 남아 있는 향기를 불러내본다. 율마와의 좋았던 추억이 더 옅어지기 전에 올봄에는 작고 예쁜 화분을 잘 골라서 키워봐야겠다. 예전 율마처럼 잘 커줄지 알 수 없지만 율마의 진한 향기를 추억하며, 정성으로 키워봐야겠다.

애견에 대한 단상

　예전부터 강아지는 집도 지켜주고, 친구처럼 외로움도 채워주는 우리 인간과 가장 가까운 동물이었다. 지금은 더더욱 그렇다. 강아지를 키우고 교감하면서 위로받는다. 강아지는 집안의 막내처럼 귀여움을 독차지하면서 사랑과 정성으로 보살핌을 받는 존재가 되었다. 요즘에는 유모차를 탄 강아지들을 많이 보게 되는데, 이런 모습은 반려동물로서의 강아지의 지위를 단적으로 보여준다. 사람들은 애완견의 엄마와 아빠이기를 기꺼이 자처한다. 아기의 전유물이었던 유모차를 차지하고 재롱을 피우는 강아지들이 점점 많아지고 있다. 조금 과장되긴 하지만 아기와 강아지는 거의 동격이다.

　부모들은 사랑스러운 막내를 위해 얼마든지 지갑을 열 준

　박혜경 애견에 대한 단상

사람과 강아지가 서로 행복한 교감을 나누거나,
서로 의지하고 위로하는 이야기들을 들으면 나 역시 감동이다.
인형같이 생긴 작고 예쁜 강아지들을 보면 눈길이 가기도 한다.

비가 되어 있고, 경기가 위축되고 어려워져도 애견산업은 점점 성장해가고 있는 듯하다. 몇 년 전부터 애견을 동반할 수 있는 장소가 부쩍 많아졌고, 카페나 음식점 앞에 '애견 동반을 환영합니다'라고 친절하게 써 붙인 문구를 보면 격세지감을 느낀다. 이뿐만이 아니다. 애견을 위한 유치원, 호텔, 보험, 건강검진, 애견을 동반하는 각종 편의시설까지. 예전에는 상상할 수 없었던 상품과 시설들이 다양해지고 있다.

지인 중의 한 사람은 만일 강아지가 아프면 은퇴를 서두를 예정이라고 했다. 누구보다 자기 일에 대한 열정이 큰 걸 알아서 처음에는 놀랐지만, 대화를 나눌수록 점차 수긍하게 되었다. 아무리 피곤하고 아파도 강아지와의 산책만은 빼먹지 않는다는 말과 함께 나 아니면 누가 개를 보살피겠냐는 얘기가 애틋하게 들렸다. 그 마음은 흡사 자식을 향한 부모의 사랑과 같았기 때문이다. 어쩌면 사람의 보살핌을 받지 못하면 강아지는 스스로 할 수 있는 것이 없으니 보호자로서 그렇게 해야 하는 것이 마땅하지 않을까 싶기도 했다.

요즘은 남녀노소, 장소 불문하고 강아지를 자식처럼 안고 다니거나 동행하는 모습을 흔히 볼 수 있다. 공원에 나가면 작은 강아지부터 웬만한 중견 크기의 강아지까지 종류도 다양하고, 주인 혼자서 두세 마리씩 데리고 나오는 모습도 종종 본다. 강아지를 데리고 나온 주인들은 삼삼오오 모여서 스스럼없이 대화를 나누고 소통한다. 사람끼리라면 먼저 경계하겠지만 강아지를 매개로 하여 이웃과의 관계가 말랑말랑해지기도 한다.

무책임한 주인으로부터 버림받는 유기견 문제와 같이 부정적인 현상도 있기는 하지만, 반려동물의 가족화라는 대세는 부정할 수 없을 것 같다. 이런 문화가 당연한 시절이지만, 아쉽게도 나는 그 흐름 속에 있는 주류적인 사람은 아니다. 그 이유를 콕 집어서 설명하기는 어렵지만, 어릴 때부터 나는 동물을 좋아하는 편이 아니었고, 공원이나 광장에서 흔히 보이는 비둘기, 일상에서 자주 만나던 강아지, 고양이조차도 싫어하거나 무서워해서 피하는 편이었다. 지금도 그런 감정을 완전히 극복하지는 못한 것 같다. 고등학교 시절에 친구 어머니의 차를 타고 등교하던 길이었다. 친구가 작고 귀여운 자기네 강아지를 자랑삼아 내 무릎 위로 올려놓았다. 그런데 나는 너무 놀라고 무서워서 소리치며 엉겁결에 두 다리를 들어 올리고 말았다. 그 바람에 강아지는 가엾게도 차 바닥에 내동댕이쳐졌다. 친구도 그렇지만 친구 어머니에게 몹시 미안하고, 민망한 순간이었다.

파주의 어느 큰 공원에 가족들이 놀러 간 날이었다. 저만치서 작은 강아지가 다가왔고 같이 가던 어린 조카는 지레 겁을 내며 내 등 뒤로 숨었다. 괜찮다고, 주인아저씨가 목줄을 짧게 꼭 쥐고 있어서 안전하다고 겁내지 말라고 해도, 조카는 그 강아지가 다 지나갈 때까지 한사코 내 등 뒤에 숨어 있었다. 그 모습에 핏줄은 속일 수가 없다며 온 가족이 배꼽을 잡았다.

나도 내 동생도 어릴 때는 조카와 크게 다르지 않았다. 지금이야 어른이 되어 그 정도는 아니지만, 덩치 큰 강아지가 가까이 다가오면, 주인이 목줄을 잡고 있더라도 여전히 겁이 난다. 엘리베이터처럼 좁은 공간에서는 주인 품에 안겨 있는 작은 강아지에게도 왠지 모를 경계심이 생긴다. 물론 어쩌다 학대받거나 버림받는 동물들에 관한 소식을 접하면 화가 나고 안타까운 마음도 든다. 하지만 강아지에 대한 두려움이 앞서다 보니, 그런 안타까운 마음이 드는 것과는 별개로 강아지에

박혜경 애견에 대한 단상

게 친근감을 느끼기는 여전히 어렵다.

강아지들과 가까워지기 위한 노력도 해보았다. 전부터 얘기를 많이 들어 익숙한 친구네 강아지와 한 공간에 있어도 보고 만져보려고도 했지만 거리감은 쉽게 좁혀지지 않았다. 오히려 내 마음을 알아챈 듯 강아지가 내 곁으로는 오지도 않았다. 넓은 해변에서 뛰어놀던 큰 강아지 한 마리를 보았을 때도 그랬었다. 강아지가 있는 곳에서는 불필요하게 긴장하거나 겁을 먹으니 자유롭지 못하고 부자연스러워진다. 그럼에도 불구하고 반려동물이 사람에 버금가는 정도로 가족화되어가는 흐름에 따라, 나의 인식이나 생각도 이제는 달라지지 않을 수 없게 된 것 같다. 반려견의 장례식에 직장 동료들의 조문을 요구하는 것도 과도하지만, 그렇다고 시대 흐름에 뒤처진 채 과거의 나를 고집한다면, 흔히 하는 말로 '꼰대'라는 비난을 면할 수 없지 않겠는가.

사람과 강아지가 서로 행복한 교감을 나누거나, 서로 의지하고 위로하는 이야기들을 들으면 나 역시 감동이다. 무섭게 짖거나 입질하거나 날카로운 이빨을 드러내지만 않는다면 얼마든지 가까이할 수 있을 것도 같다. 요즘엔 인형같이 생긴 작고 예쁜 강아지들을 보면 눈길이 가기도 한다. 특히 강아지를 데리고 산책을 나온 어르신들을 보면 따뜻하고 여유로워 보이면서 어쩌면 훗날의 내 모습이 아닐까 하는 상상을 해보기도 한다. 지금이야 내가 이런 말을 하면 내 주변 사람들은 많이 놀라고 믿지도 않겠지만 사람 일을 어찌 알겠는가. 지금 내 마음속에도 작은 변화가 생겨나고 있음을.

박혜경 애견에 대한 단상

엄 혜 자
Um Hyeja

참 다행입니다
초록빛 향기

엄혜자

어려서부터 글 읽기를 좋아해서 활자
중독이라는 말을 들으면서 자랐다.
문학박사이며 〈책읽는 마을〉 대표로서,
제자 양성에 힘쓰고 있다. 가장 행복한
시간은 제자들과 책을 읽는 일이다. 훌륭한
제자 양성을 인생 최고의 목표로 삼고 있다.
문학비평으로 『문화사회와 언어의 욕망』
『시적 감동의 자기 체험화』 등이,
공동으로 쓴 수필집으로 『소중한 인연』
『여자들의 여행 수다』 『그대라서 좋다,
토닥토닥 함께』 『흡흡흡 부를 테니 들어줘』
『우리, 그곳에 가면』 등이 있다.

참 다행입니다

아들의 강력한 제안에 강아지의 이름은 사람처럼 '지은'으로 정해졌다. 이 녀석을 처음 만난 것은 한 동물병원이었다. 수의사는 지은이 부모가 애견대회에서 우승하여 큰 액수의 상금을 받았다며 좋은 혈통을 강조했지만, 나의 눈에는 주인과 헤어진 연약한 심성의 강아지로만 보였다. 지은이의 첫 가족은 캐나다로 이민을 가게 되었다고 한다. 그래서 강아지를 사랑으로 보살펴줄 가정으로 입양시켜달라는 요청을 했단다. 그렇게 몇 달간의 새 가족 찾기 끝에 두 살의 지은이는 우리의 가족이 되었다.

가족과 떨어져 지내는 생활을 극도로 싫어했던 남편에게 인도네시아의 깊은 밀림 속 건설현장으로의 발령은 청천벽력

엄혜자 참 다행입니다

이었다. 딱 1년만 근무해달라는 회장님의 요청을 뿌리치지 못해서 남편은 출장 가는 기분으로 단출한 짐과 함께 비행기에 올랐다. 1년의 약속이 5년이 될지도 모른 채. 남편은 초기의 바쁜 업무에서 벗어나자 곧바로 향수병에 시달렸다. 인도양의 노을을 보면서 술로 외로움을 달랠 수밖에 없었다고 한다. 그렇게 정신과 육체에 적신호가 나타날 즈음, 남편은 강아지를 입양하고 싶다는 요청을 해왔다. 1990년대의 인도네시아는 반려동물의 입양이 생소했다. 그래서 우리나라에서 강아지를 찾아서, 지은이를 보내기로 한 것이다. 물론 남편의 사연을 들은 캐나다 가족이 입양에 동의했기에, 어린 강아지는 인도네시아행 비행기에 몸을 실을 수 있었다.

비행기를 타기 전까지 지은이와 우리 가족은 일주일을 같이 보냈다. 이때 내가 가장 걱정한 것은 지은이의 새초롬하고 새침한 성격이었다. 지은이는 전 주인을 잊지 못하고 심하게 낯을 가렸다. 우리 가족 누구라도 보고 있으면 식사조차 거부했다. 우리의 시선이 닿지 않는 곳에 먹이통을 놔두면, 죽지 않을 만큼만 식사를 했다. 소파 아래에 언뜻 보이는, 노란색,

분홍색으로 염색된 지은이의 귀만 간혹 눈에 띌 뿐이었다. 지은이는 우리의 눈빛을 심하게 거부했다. 이런 강아지와 남편이 같이 잘 살 수 있을까? 적응을 못 하는 강아지를 괜히 인도네시아까지 보내서 힘들게 하는 게 아닐까? 이런 생각의 파편들로 힘겨워하는 사이에 일주일의 시간이 흘렀다.

지은이를 데리고 회사 직원과 만났다. 휴가가 끝나고 복귀하는 것만으로도 힘겨워하는 직원에게 케이지를 맡기는 것이 미안하기만 했다. 한편으로는 인천에서 싱가포르까지 여섯 시간 비행을 하고 그곳에서 일곱 시간 동안 기다려서 인도네시아 메단까지 두 시간 비행을 해야 하는 강아지의 여정도 걱정이 되었다. 어린 지은이를 위해 배변 패드를 여러 겹 깔고 먹이와 물을 넣어주고 비행을 잘 견디기만을 기도했다.

나는 지은이가 인도네시아 공항에 잘 도착했다는 기쁜 소식을 듣고야 안심이 되었다. 메단공항 직원들과 잘 아는 남편은 지은이를 마중하기 위해 활주로까지 들어갔다고 한다. 어린 강아지가 오랜 시간 케이지에 갇혀 있었던 게 불쌍했던 직원은 남편을 보자마자 케이지를 열어주었다. 남편은 자신도 모르게 자리에 앉아서 지은이를 향해서 "지은아!!!"를 외쳤

엄혜자 참 다행입니다

지은이는 새초롬하고 새침한 성격이었다.
전 주인을 잊지 못하고 심하게 낯을 가렸다.
소파 아래에 언뜻 보이는, 노란색, 분홍색으로 염색된 귀만
간혹 눈에 띌 뿐이었다.

다. 그때 놀라운 일이 벌어졌다. 지은이가 100미터 달리기 경주의 주자처럼 달려와서 남편에게 안긴 것이다. 오랜 비행 끝에 견생의 새 주인을 만난 감격적인 상봉이 활주로에서 이루어졌다. 시골 공항답게 승객들과 승무원들이 모여들었다. 그리고 그들은 남편과 지은이의 사연을 듣고 환영의 박수를 쳐주었다.

그날부터 남편의 저녁은 행복했다. 인도양의 석양을 보면서 가족에 대한 그리움으로 독한 술까지 마셨던 남편. 그런데 지은이의 입양 후, 완전히 달라지게 되었단다. 지은이를 보기 위해 점심때도 숙소로 향했고, 저녁이 되면 제일 먼저 퇴근해서 지은이와 산책을 했다. 한 번은 지은이의 하얗고 말간 얼굴이 노랗게 되었다는 이야기를 국제전화로 오래오래 한 적도 있었다. 남편이 출근하면 인도네시아 가정부가 지은이를 돌봐주고 있었는데, 지은이는 그 가정부에게도 눈길 한번 주지 않았다. 그런데 자존심이 강한 지은이도 강아지인지라 그 가정부가 싸 오는 점심 도시락의 짙은 향기에서 자유롭지 못했다. 노란 카레에 비벼 온 가정부의 도시락을 호시탐탐 노리던 지은이는 어느 날엔가 결국 그 밥을 쟁취하여 온몸을 파묻고 다

엄혜자 참 다행입니다

가정부의 카레 도시락을 호시탐탐 노리던 지은이는
어느 날엔가 결국 그 밥을 쟁취했다.
지은이의 새하얀 털은 결국 얼룩덜룩한 노란색으로 변해버렸다.

먹어버린 것이다. 지은이의 새하얀 털은 결국 얼룩덜룩한 노란색으로 변해버렸고, 남편은 지은이의 미모에 난 흠결을 못내 아쉬워하면서도 우습다며 낄낄 웃었다.

남편은 호텔을 가든 좋은 식당을 가든 지은이를 동반하였다. 애완견을 키우는 문화가 아닌 인도네시아에서는 강아지 출입을 금지하는 곳이 없었기 때문이다. 지은이를 옆에 앉히고 식사를 하면 종업원과 손님들이 지은이를 구경하고 사진을 찍고 야단들이었다. 특히 어린아이들은 처음 보는 예쁘고 작은 지은이를 보고는 엄마 아빠에게 사달라고 조르며 울었다. 메단에서 지은이는 이미 유명 인사라며 남편은 흐뭇해했다.

남편은 아이들의 방학 동안 밀림 속 캠프보다는 도시인 메단에서 지내기를 원해서 스티아부디라는 주택 단지에 거처를 마련해두었다. 그 당시 인도네시아에서는 수시로 폭동이 발생하여 많은 인명 피해가 발생하던 시절이었다. 외국인과 부유층이 모여 사는 스티아부디에는 군부대가 주둔하여 경비를 서주었다. 우리 가족은 '파라팟(Parapat)섬'으로 여행을 준비했다. 제일 먼저 걱정은 지은이였다. 지은이가 길고 험한 밀

엄혜자 참 다행입니다

림의 산길과 바닷길을 이겨낼 수 있을까. 아무래도 어렵다는 결론을 내고 가정부들에게 지은이를 맡기며 잘 돌봐달라고 신신당부를 했다. 지은이와의 이별은 길고 애절했다. 아빠를 따라가겠다고 지은이가 울자, 남편은 발걸음이 떨어지지 않는지 자꾸 뒤돌아보았다. 그 시간이 남편과 지은이의 마지막이 될 줄은 그때는 꿈에도 몰랐다.

즐겁게 여행을 마치고 숙소로 돌아오니 가정부들이 안절부절못하며 고개를 떨구었다. 우리가 출발하던 날 미처 잡을 틈도 없이 지은이가 차를 쫓아 내달렸다고 한다. 그 후 날마다 단지 전체를 뒤지고 다녀도 찾을 수가 없었다며 울먹였다. 남편은 낙담한 표정을 하고도, 지은이를 찾을 수 있을 거라면서 가정부들을 안심시켰다. 그 후 주택 단지를 경호하는 군부대에 부탁을 해놓았다. 또 경찰에 신고도 했다. 하지만 성과가 없었고 우리는 무거운 마음으로 귀국 항공기에 올랐고 남편은 밀림 속 캠프로 돌아가야 했다. 이후로도 남편은 이곳저곳을 수소문하며 지은이를 찾으려고 노력했지만 모두 수포로 돌아갔다.

지은이에 대한 상처를 안고 살아간 지 여러 달이 흘렀다. 남편이 손님 접대를 위해 메단의 한 식당을 찾아갔던 날의 일이다. 자리를 안내받아 앉으려는 순간, 어디선가 강아지 울음소리와 함께 지은이가 기적처럼 나타났다. 염색한 노란색과 분홍색의 귀는 털이 길면서 사라졌지만 끝 부분에 분명하게 그 흔적이 남아 있었다. 이런 지은이가 남편을 향해 달려온 것이다. 깜짝 놀란 남편이 지은이를 품에 안고 앞쪽을 바라보니 7세 정도의 어린아이가 지은이를 뒤쫓아 오고 있었다. 남편이 지은이를 꼭 안자, 아이는 자기의 강아지를 내놓으라고 울며 매달렸다. 그때 그 아이의 아빠가 와서 지은이와 만나게 된 사연을 말해주었다.

우리가 여행을 떠나던 날, 지은이는 우리가 탄 차를 뒤쫓아 상당한 거리를 이동하였다. 그 후 유기견 신세가 되어 다른 주택 단지를 헤매고 다녔다고 한다. 몸무게 3킬로그램의 작은 강아지가 우리의 주택 단지를 벗어나서 다른 단지까지 갔을 거라고는 상상도 못 했다. 그 사이에 지은이는 또 다른 가족을 만나게 된 것이다. 처음에 지은이는 스트레스로 인해 식사도 거부하고 췌장염까지 걸려서 생사가 위험한 상태였다고 한다.

엄혜자 참 다행입니다

당시 메단에는 동물병원이 없었기에, 지은이의 새 가족은 비행기로 두 시간 거리인 수도 자카르타까지 가서 지은이를 치료해주었다고 한다. 좋다는 영양제는 모두 구해서 먹였고, 미용은 메단의 유명 미용실을 이용하며 지극정성을 들였다. 이들은 죽을 위기의 지은이에게 새 생명을 주고 사랑으로 보살핀 것이다.

그 가족은 전에 식당에서 지은이를 수차례 보았다고 한다. 예쁘게 보았던 강아지가 자신들의 주택 단지 안을 돌아다니자 주인에게 버려졌다고 생각하며 새 가족으로 받아들였다. 아이의 부모는 아이들이 지은이와 떨어지려고 하질 않을 정도로 지은이를 사랑한다고 했다. 생기 있고 환한 표정의 지은이가 새 가족에게 많은 사랑을 받고 있었음을 한눈에 알 수 있었다. 강아지에게 췌장염은 생사를 가를 위험한 질병이다. 지은이를 치료해준 그들이 없었으면, 지은이는 이 세상에 존재할 수도 없었을 것이다.

남편은 이런 사연을 듣고, 지은이를 아이 품으로 돌려주었다. 지은이는 눈물로 범벅된 아이의 얼굴을 핥고 있었다. 아이 품에 편안하게 안긴 지은이를 보며 어떤 선택이 지은이의 행복인지 생각하게 되었다. 남편은 곧 귀국할 것이다. 그러면 새로운 생활인으로서 밖에서 보내는 시간이 많을 것이다. 지은이는 늘 아빠를 기다려야 한다. 하루가 걸리는 귀국 여정도 지은이에게는 만만하지 않을 것이다. 남편은 무릎을 굽힌 채로 아이의 눈물 가득한 얼굴을 매만져주었다. "그래 네가 지은이를 아저씨보다 더 많이 사랑해줘야 한다."라며 아이와 손가락을 걸어 약속했다. 아이는 언제 울었냐는 듯 해맑은 얼굴로 지은이를 꼭 안았다.

우리 가족에게, 특히 남편에게 지은이는 아픈 추억이다. 첫 주인은 캐나다로 갔고, 두 번째 주인을 만나러 지은이는 인도네시아까지 갔다. 그러다가 유기견이 되어 또다시 새로운 가족을 만났다. 사람에게도 운명의 힘은 거대하다. 그래서 생로병사의 수레바퀴에서 벗어나지 못한 채 허덕이기도 한다. 그런데 오직 사람에게 의지하며 살아야 하는 강아지에게 운명의 힘은 어떤가. 기구한 운명의 회오리 한가운데에 서 있었던 지은이. 지은이의 새로운 삶이 더 행복했기를 아련하게 기대해본다.

엄혜자 참 다행입니다

초록빛 향기

오늘은 우리 부부의 지극한 말 사랑 이야기를 해보려고
한다. 남편은 결혼 전부터 승마에 푹 빠져 있었다. 그 시절 승
마는 대중화가 되어 있지 않아서 일부에서만 즐기던 럭셔리한
취미였다. 나 역시도 남편의 영향으로 승마인이 되었다. 신혼
살림도 뚝섬 경마장 바로 맞은편의 동아아파트에서 시작했다.
아이들은 그곳에서 뛰어노는 말들과 함께 유년시절을 보냈다.
집의 베란다로 나서면 경마장 주로가 훤하게 보였다. 평일에
는 연습 주행 중인 말을 보았고, 주말에는 말들의 경주를 보면
서 가슴이 뻥 뚫리는 쾌감을 덤으로 얻을 수 있었다.

어느덧 아이들이 커서 승마를 즐길 만한 나이가 되자 몽
골 초원에서 함께 말을 달렸다. 취사나 텐트 숙영을 위해 강

가나 관목 지대로 들어서면 어지럽게 널려 있는 곰 발자국과 먹이를 구하는 늑대 무리가 슬몃슬몃 보이다가 사라지기도 했다. 그림처럼 펼쳐진 초원이지만 이런 이유로 안내인과 경호원이 꼭 있어야 하는 여정이었다. 하지만 광활한 초원과 양떼 사이로 며칠을 달리는 초원 승마 트래킹은 아이들의 호연지기를 키워주기에 적합했다. 이런 경험을 통해 우리 가족에게 말은 서로의 공감대이자, 아주 친숙한 교감의 대상이었다.

하지만 시간이 흐르고 주위 승마인들의 낙마 소식을 종종 듣게 되자, 나는 남편의 승마 사랑이 걱정되었다. 이제는 승마보다는 말이 뛰는 걸 눈으로만 보라며, 마주가 될 것을 권유했다. 마주가 되려면 일정 수준의 경제력과 사회적인 경력이 있어야 한다. 또한 신원 조회와 함께 마주 선정 심사위원회를 통과해야 했다. 엄격한 절차를 거쳐 남편은 마주가 되었고 가족의 환대 속에 경주마를 소유할 수 있는 관문에 들어섰다.

우리는 첫 번째 말 가족을 맞이하기 위해 미국 켄터키주 킨랜드(KEENELAND)의 '2014 September Yearling Sale'에 가기

엄혜자 초록빛 향기

미국 켄터키주 킨랜드에서 운명처럼 우리 눈에 쏙 들어오는 녀석을 만났다.
훤칠하고 강인해 보이는 그 말은 우리의 가족이 되었다.

로 했다. 적합한 경주마를 만나려고 국내의 유명한 수의사와 조교사를 비용까지 내면서 동반해서 간 것이다. 일주일 동안 열심히 마사를 뒤지고 다녔다. 그러다가 운명처럼 우리 눈에 쏙 들어오는 한 녀석을 만났다. 훤칠하고 강인해 보이는 그 말은 '일리노이 더비(Illinois Derby)' 대회에서 우승한 '아메리칸 라이언'의 자마였다. 녀석은 그렇게 우리의 가족이 되었다.

경주마를 구입한 마주들은, 일반적으로 즉시 한국에 데려와서 훈련을 시켰다. 하지만 우리는 처음 만난 어린 말이 좋은 환경에서 더 성장하기를 바랐다. 매달 지불하는 사육 비용이 조금은 부담되었지만 우리의 새 가족이 켄터키의 너른 초원에서 건강하게 잘 성장할 수 있기를 바랐다. 그리고 그 녀석에게 아버지처럼 용맹하라고 '코리안 라이언'의 준말인 '코라이언'이란 이름을 지어주었다.

이듬해 봄, 드디어 코라이언이 인천공항에 도착하여 검역 절차를 마치고 장수목장으로 이동하게 되었다. 그런데 목장에 도착해보니 말을 인수할 훈련사가 행방불명이었다. 훈련장 관계자들을 동원하여 주변을 샅샅이 뒤졌다. 그러다 발견된 훈련사는 뇌출혈로 실신해버린 상태였다. 훈련 중인 말에서 낙

엄혜자 초록빛 향기

마한 충격을 추스르려고 잠시 모텔에서 쉬다가 그대로 의식을 잃은 것이다. 그러나 다행히 코라이언이 목장에 도착한 덕분에 사람들에게 발견될 수 있었고, 몇 개월의 치료 후 본업에 복귀할 수 있었다.

훈련을 시작한 지 얼마 되지 않아서 훈련사로부터 전화가 왔다. 코라이언이 비행 도중 항공기 내에서 몸부림치다가 척추에 문제가 생긴 것 같다는 것이다. 수의사와 담당 훈련사의 소견 모두 경주마로서의 생활이 어려울 것 같다고 했다. 경주마로 시작도 해보지 못하고 퇴역마가 된다고 생각하니 마음이 너무 아팠고 또 코라이언에게도 너무 미안했기에, 남편은 비용이 들어도 재활 훈련을 시키기를 원했다. 코라이언에게 경주마로서의 삶을 선물해주고 싶어 했다. 몇 달간의 재활 훈련 끝에 마침내 코라이언은 과천 경마장에서의 주행 심사를 통과하고 경주마 자격을 획득하였다.

이후 3년 동안 코라이언은 우리 가족과 함께 행복한 시간을 보내며 열두 번의 경주에 출전했다. 3등 1회, 4등 1회, 들인 시간과 노력에 비해서는 초라한 성적이었다. 그래도 말이 경주마로 평균 2년에서 3년 정도 보내는 것을 생각하면 다행히 평균적인 경주마로서의 삶을 살았음에 우리 가족은 만족해했다.

하지만 다음 문제는 코라이언의 노년이었다. 경주마가 은퇴 하게 되면 개인 마주의 처분에 의해 생사가 달라진다. 말의 수명이 30년 정도라는 걸 생각하면 너무 짧은 선수 생활이라는 생각도 든다. 혹시 선수 시절 월등한 역량을 발휘했다면 좋은 후사를 위한 종마로서 씨암말이나 씨수말이 될 수도 있다. 하지만 그런 말의 숫자는 극히 미미하다. 아무리 전설적인 기록을 남겼다 하여도 나이가 들고 퇴역마가 되면 그야말로 이용가치가 다하여 경주마로서의 가치가 없어진다. 대부분은 승마장으로 가거나 그것조차 보장받지 못한 경주마들은 안락사 당하고 만다. 더하여 말고기로 도축당하는 비극적인 결말을 맞이하는 말도 있다.

하지만 특별한 인연 덕분에 우리의 코라이언은 행복한 노년을 보낼 수 있는 행운의 말이 되었다. 코라이언이 처음 장수 목장에 도착했을 때 쓰러졌던 훈련사를 기억해보자. 그 훈련사는 코라이언 덕분에 발견되어 살아날 수 있었다면서 자신이 일하는 목장에서 코라이언의 여생을 책임지겠다고 했다. 우리

엄혜자 초록빛 향기

의 첫 경주마는 이런 인연 덕분에 생사를 걱정하지 않는 행복하고 명예로운 퇴직을 하게 되었다. 그 후 너른 장수목장에서 마음껏 풀을 뜯고 달리면서 은퇴 생활 6년차를 맞고 있다.

우리 부부는 그 후에도 여러 마리의 경주마를 구입하고 사랑을 주었다. 그래도 처음 말이었던 코라이언과의 인연이 가장 기억에 남는다. 지금도 장수목장을 찾아서 코라이언과 종종 회포를 푼다. 사실 말들도 사람만큼이나 감정이 풍부하고 제법 똑똑하다. 코라이언은 우리 가족이 방문하면 예쁜 눈망울로 바라보며 코를 비비고 좋아한다. 그런데 좀 오랜만에 간 경우에는 우리에게 등을 돌린다. 자기의 마음이 풀어질 때까지 삐진 상태로 우리의 반대편 창을 바라보고 있다. 오랫동안 오지 않았던, 그래서 그리웠던 주인에 대한 서운함의 표시인 것 같다. 그때, "코라이언, 미안해. 보고 싶었어. 사랑해." 라면서 당근과 설탕 뇌물을 바치면 그제서야 못 이긴 척 슬그머니 다가온다. 그리고 당근과 설탕을 받는 것이 아니라 우리의 옷이나 팔 등을 살짝 문다. 속상함의 표현이다. 그리고는 입술을 까뒤집는다. 기분 좋을 때 하는 말의 모습이다. 그렇게 마음이 풀리면 비로소 당근과 설탕을 받는다.

코라이언을 보러 갈 때는 버릴 각오의 옷을 입어야 한다. 늘 풀을 먹어서 입안이 온통 초록색인 채로 우리 옷에 입술을 비비거나 깨물며 찐한 애정 표현을 하기 때문이다. 한바탕 애정 표현이 있고 나면 우리의 옷에는 푸른 풀물이 가득하다. 우리는 집으로 돌아와서도 한참을 풀물 가득한 옷을 보며 코라이언과의 여운을 즐긴다. 그러면 한아름 가득 담아 온 코라이언의 초록빛 향기가 우리의 마음에 가득 퍼진다.

오 영 미
Oh Young Mi

캣맘
히말라야의 동물들

오영미

서울 종로에서 태어나 명동에서 청소년기를
보냈다. 소설을 쓰려고 황순원 선생님이
계시는 경희대에 진학했으나 장터
약장수의 아크로바틱 쇼나 무대예술에
대한 관심 때문에 희곡 공부를 시작했고
그것으로 석사, 박사를 마쳤다. 현재는
한국교통대학교 한국어문학과에서
희곡과 영화 시나리오, TV 드라마
쓰기를 가르치고, 한국 시나리오 작가에
대한 연구를 하고 있다. 희곡작품집으로
『탈마을의 신화』가 있고, 저서로는
『한국전후연극의 형성과 전개』『희곡의
이해와 감상』『문학과 만난 영화』『오영미의
영화 보기 좋은 날』등이 있다.

캣맘

딸아이들이 캣맘이 된 건 사소한 만남에서였다. 어느 날 지하 주차장을 통해 외출을 하려던 큰아이를 계속 뒤따르던 길냥이 한 마리가 있었다. 차마 내치지 못하고 편의점에서 캔을 사다 먹이게 된 건 곧 죽을 모양으로 마르고 더러운 외양 때문이었다. 그 만남 이후로 그 길냥이는 '꼬질이'라는 별명으로 불리게 되었다. 딸아이가 준 먹이를 순식간에 비우던 꼬질이는 딸아이의 자비심을 자극하게 되었고, 작은아이도 합세해서 캣맘 생활에 뛰어드는 계기가 되었다.

길냥이를 돌보는 문제는 캣맘의 입장에서는 절실하기 그지없는 문제이지만, 주변을 맴돌며 소음을 일으키고, 냄새를 풍기는 고양이들을 싫어하는 사람들도 적지 않은 게 현실이

길고양이들은 인간의 거처를 피해
어둡고 비좁은 공간으로 스스로를 내몰며 살지만
때로 인간과 부딪히는 어딘가에서 폐해가 되기도 한다.

다. 그래서 때론 길냥이 인근에서 입장 차이를 가진 사람들 간의 갈등이 종종 일어나기도 한다. 밤마다 먹이를 주러 나가는 아이를 지켜보는 입장에서 제일 걱정인 것은 동네 사람들과 충돌하지 않을까 하는 것이었다. 특히 여름날이면 먹이에 파리나 바퀴벌레가 들끓고 냄새도 심하니 길냥이를 돌보는 손길이 불쾌한 것도 이해가 안 되는 것은 아니다.

아이들이 캣맘이 된 이후로 그들의 몸과 마음은 고양이에서 시작해 고양이로 끝나는 느낌이었다. 하루가 멀다 하고 쿠팡에서 사료가 배달돼 오고 있었고, 현관 앞은 온갖 물통과 고양이 먹이로 가득 차 있었다. 때때로 기가 막히기도 했다. 고양이한테 하는 거 부모한테 반만 해도 좋겠다라는 생각도 들었다. 딸아이들은 길냥이를 통해 약자에 대한 연민과 생명에 대한 긍휼함, 그리고 불평등 사회와 인간의 이기심까지 세상을 바라보는 루트를 얻는 듯했다.

캣맘 역할을 시작한 것이 자발적이고 개별적이기는 하지만 밤마다 동네에서 마주치는 그들도 나름대로 구역이 있고, 연대감도 있는 모양이었다. 서로 정보를 주고받으며 고양이의 안부를 묻기도 하고, 부득이 바쁜 상황이 생기면 다른 구역의 캣맘에 연락해 서로 품앗이를 하기도 했다. 그리고 자기가 돌보는 고양이들의 중성화 수술도 포획부터 수술 이후의 생활 정착까지 서로의 정보 영역에서 도움을 주고받는 것을 보았다.

그러던 어느 날 아이들이 돌보던 고양이가 죽거나 행방이 묘연해지는 일이 벌어지게 되었다. 돌보던 아이들 중에 80퍼센트 이상이 그렇게 됐으니 캣맘 입장에서 미치고 팔짝 뛸 상황이 닥친 것이었다. 마침 인근 구역의 캣대디 아저씨를 만나게 되어 상황 설명을 하니, 그렇잖아도 고양이 밥에 이상한 액체를 넣고 가는 누군가가 있다는 소식을 듣게 되었다. 그리고 힘든 상황이 발생하면 연락하라고 전화번호를 주고 갔다는 것이었다.

아이들은 곧바로 경찰에 신고를 했다. 출동한 경찰은 의문의 고양이 죽음을 조사해야 하는 상황에 다소 당황한 듯도 보이고, 귀찮은 기색이었던 모양이다. 아이들은 CCTV 열람과, 먹이의 성분을 조사해줄 것을 요청한 모양이었다. 경찰은 고양이 먹이를 어떻게 조사하느냐고 했고, 아이들은 국과수에 의뢰하면 되지 않느냐고 화를 냈다. 경찰은 우리나라 국과수가 그렇게 한가하지는 않다고 하고, 받아주기나 하겠냐고 응수했다. 경찰서까지 가게 된 아이들은 경찰의 성의 없는 태도에 분개해 캣대디 아저씨에게 도움을 요청하기로 했단다. 얼마 후 경찰서에 나타난 아저씨는 명함을 내밀며, '재물손괴죄'로 조사가 가능할 것으로 보인다며 경찰을 재촉했다는 것인데, 그 아저씨가 알고 보니 마약 사건 전문 변호사였다고 한다. 어쨌든 아저씨 명함의 위력으로(?) CCTV 열람이 이루어지고, 20대로 보이는 한 청년이 고양이 먹이에 무언가를 넣는 장면이 잡히게 되었다. 의문의 그 액체는 자동차에 쓰이는 부동액이었다. 부동액은 무색무취인 데다 독극물로 분류되고 있었다. 고양이는 자기들의 은신처로 돌아가 죽는 습성을 지닌 터라 나타나지 않는 애들은 어딘가에서 숨어서 죽었을 것이라고 추정하고 있었다. 아이들은 한동안 문제의 그놈을 잡아야 된다는 생각에 동네를 휩쓸고 다녔다. 캣대디 아저씨도 그놈을 목격하고 뒤쫓기도 했는데 결국 놓쳤고, 그 후로는 동네에 나타나지 않았다고 하니, 미제 사건으로 끝나고 만 셈이다.

부동액 사건 이후로 아이들의 고양이 돌봄은 더욱 극렬해졌다. 몸이 불편해 보이는 애들을 집에 데려다 키우면 안 되겠

오영미 캣맘

냐고 수시로 떼를 썼다. 캣대디 아저씨도 집에 여러 마리를 키운다는데 우리는 너무한 거 아니냐고 툴툴댔다. 그러나 실상 내가 집에 없는 날이면 몰래 데리고 들어와 돌보다 내보내는 일이 있는 것을 눈치로 알 수 있었다. 그것까지야 싶어 모른 체했다. 아이들의 캣맘 생활을 옆에서 지켜보면서 캣맘들끼리의 연대와 별다른 한 세계가 펼쳐지고 있음도 알게 됐다. 각자 바쁜 일정으로 고양이 먹이를 주지 못하면 서로가 품앗이를 했고, 중성화 수술에 대한 정보와 실행, 각종의 고양이 동태 파악, 주변 위협 세력의 제거(?) 등 마치 지하세계의 은밀한 조직들처럼 그들은 길고양이를 둘러싸고 하나의 서클을 형성하고 있었다.

길고양이들은 인간의 거처를 피해 어둡고 비좁은 공간으로 스스로를 내몰며 살지만 때로 인간과 부딪히는 어딘가에서 폐해가 되기도 한다. 한겨울에 그들이 온기를 찾아 자주 찾는 곳이 주차된 차의 보닛이나 차 밑의 어두운 공간이다. 특히 금방 시동이 꺼진 차량은 열기가 한동안 유지돼 길고양이들이 즐겨 올라타곤 하는데, 그 덕에 차에 흠집을 내거나 발자국을 남기기도 한다. 아마 많은 사람이 고양이의 울음소리도 들어봤을 것이다. 마치 갓난아이의 울음처럼 들리는데, 그 소리가 잠자리를 괴롭혔던 경험이 있을 것이다. 대부분 그들의 발정 신호라고 하는데, 머리맡에서 그 소리를 듣고 있으면 신경이 쓰이는 게 사실이다.

사람이 아닌 동물과 지구를 공유한다는 것에 반대할 사람은 없으리라 본다. 실상 지구는 인간이 너무나 많은 영역을 점하고 있어 그것이 재난의 요인이 되기도 한다. 우리가 최근에 겪은 코로나 팬데믹도 그런 연유라는 것을 전문가들은 역설한다. 그런 맥락에서 길고양이의 문제도 생명 사랑의 시각으로 보면 인간이 인내하고 함께해야 할 사안임에는 분명하다. 그러나 끊임없이 이어지는 주민들과의 갈등이나 중성화로 고양이 개체를 줄일 수 없다는 입장, 고양이가 늘어나면 희귀 새들의 개체 수가 줄어간다는 입장 등 팽팽하게 대립적인 입장도 고려할 부분이 있는 게 사실이다. 자연 속에서 살고 있는 다른 동물들은 그들의 생명 공간을 확보하고 있으니, 이를 차치하고라도 인간의 영역으로 들어온 고양이와 같은 동물의 문제는 이 지구에 도시를 건설하고 살아가고 있는 우리 인간들이 풀어야 할 숙제임에는 분명하다. 실상 나도 그 방법을 아직은 모

오영미 캣맘

르겠다. 단지 캣맘인 아이들 곁에서 길고양이들의 세계에 관심을 가지게 되었고, 그것이 생명의식을 넓히는 데 일조하기를 바라는 마음뿐이다.

　오늘도 거실 창밖 너머로 지나가는 고양이들과 어느새 잠들어 있는 그들을 바라본다. 그리고 딸아이들을 부른다. "애들아~ 쟤는 이름이 뭐니?"

히말라야의 동물들

　ABC(안나푸르나 베이스캠프) 트레킹 계획을 세운 것은 작은 딸아이의 말 한마디 때문이었다. 학교에서 '불교개론'을 들었는데 고행이 하고 싶어졌다는 것이었다. 외모 치장에만 열을 올리던 아이라 그 아이의 입에서 나온 고행이라는 단어를 듣는 순간 기특하기도 하고, 정말 고행이 무엇인지 함께 경험해보고 싶기도 했다. 산티아고나 돌로미티 등도 선택지 중에 있었지만 히말라야는 늘 언감생심, 그러나 언젠가는 꼭 한 번 도전해보고 싶은 곳이었다.

　문제는 체력이었다. 등산을 정기적으로 하던 것도 아니고, 고산병도 두려운 문제 중의 하나였다. 그러나 단기 속성으로라도 체력 단련도 하고, 주말 산행이라도 하면서 워밍업을 하겠다

　　　　　　　　　　　오영미　히말라야의 동물들

고 결심하고 준비에 돌입했다. 그런데, 출발을 얼마 남기지 않은 시점에 네팔 현지에서 비행기 추락 사고가 발생했고, 나의 계획을 알고 있던 지인들이 괜찮겠냐고 걱정을 하며 만류하기도 했다. 내심 나도 온갖 불운한 상황을 떠올리며 걱정이 되기 시작했지만 여행은 늘 그런 것이 아니었던가 하는 뚝심으로 그들의 만류를 뿌리치고는 했다.

그렇게 심적인 부담을 안고 우리는 네팔을 향해 떠났다. 안나푸르나로 들어가는 길에 가장 두려웠던 포카라행 비행기는 얼마나 걱정이 되었던지, 착륙했을 때 만세를 부르는 손바닥이 땀으로 축축해 있었다. 그리고 막상 산행에 돌입하고 보니 로지에 도착할 무렵쯤이면 더 이상 걸을 수 없을 정도로 매일 한계 체력에 봉착했고, 고지가 높아질수록 추위는 물론 불편한 롯지 시설들에 인내하고 또 인내하는 시간의 연속이었다. ABC까지 4일을 올라가 그곳의 상징물 같은 나마스테 깃발 앞에 섰을 때 나는 깃대를 붙잡고 울었다.

이렇게 장황하게 안나푸르나 산행 과정을 늘어놓는 것은 그만큼 고된 경험이었고, 그 고행길에 만난 미물들에게서 위안을 받았던 사연이 기억에 남아 있기 때문이다. 네팔은 고산지대에 터를 잡고 살아가는 사람들이 많기 때문에 차가 닿을 수 있는 낮은 지역에서 수천 미터에 이르는 곳까지 물건을 실어나르며 살아갈 수밖에 없다.

히말라야의 물류를 담당하는 동물은 당나귀이다. 그래서 히말라야 산행길은 어김없이 이들이 싼 똥과 냄새들로 특유의 풍경을 만들어낸다. 트레킹 중에 피곤해서 주의력을 잃게 되면 곧잘 똥 폭탄에 발을 디디게 되는 참사가 일어난다. 물론 이것도 시간이 흐르면 익숙해져서 정겨운 풍경으로 다가오기도 하지만 말이다. 택배의 주역인 이 당나귀들은 많게는 십여 마리까지 떼를 지어 다니는데, 보통 한 마리당 60~70킬로그램의 무게를 감당한다고 하니 산악 지형에서 이보다 훌륭한 운송수단이 어디 있겠는가. 그래서 당나귀 떼가 지나가면 마주친 사람들은 불평 없이 그들이 우선 지나도록 길을 내주고 기다려주는 것이 상례이다. 아마도 이들이 배송했을 한국의 신라면이 가장 낮은 롯지에서 파는 가격보다 거의 두 배에 달하는 ABC의 폭리를 충분히 이해하고도 남음이 있는 것은, 이들 당나귀의 노고에 대한 감사와 다르지 않다.

히말라야의 운송수단은 당나귀뿐만 아니라 야크도 한몫한

　　　　　　　　오영미 히말라야의 동물들

히말라야의 당나귀들은 한 마리당 60~70킬로그램의 무게를 감당한다.
산악 지형에서 이보다 훌륭한 운송수단이 어디 있겠는가.
그래서 당나귀 떼가 지나가면 마주친 사람들은 불평 없이
그들이 우선 지나도록 길을 내주고 기다려준다.

다. 이번 안나푸르나 산행길에서 본 야크는 민가에서 사육되고 있는 것이 전부였는데, 그들의 우람한 덩치는 사람의 발걸음이 잦은 산행길에 운송용으로 쓰기에는 어려워 보였다.

야크는 고산지대에 특화돼 있는 동물인데, 특히 네팔 지역에서 가장 많은 숫자가 사육되고 있다고 한다. 야크의 젖으로는 유제품을 만들고, 똥도 연료로 쓰고, 털과 가죽은 각종 재료로 수출되고, 고기는 물론 식용으로 쓰인다. 힌두교를 신봉하는 네팔인들이 야크를 먹는지에 대해서는 알 수 없으나, 함께했던 포터의 말에 의하면 소고기는 공식적으로 금지돼 있고, 그것을 먹는 행위는 매우 위험하지만 비밀스럽게 이루어지는 무언가는 있다고 했다.

네팔을 대표하는 야크 치즈는 포카라 피자집에서 맛보았는데, 우리가 일상에서 먹는 치즈와 별반 다른 맛을 느낄 수는 없었다. 어쨌든 히말라야인들은 야크 젖으로 치즈를 만들어 네팔을 대표하는 특산품을 만들었고, 야크의 이미지를 이용한 각종 상품들은 그들의 상가에 빠지지 않고 진열돼 있다.

히말라야의 3대 트래킹 코스로 꼽히는 랑탕 지역이 특히 야크 치즈를 생산하기로 유명한데, 지난 지진 이후로 많은 피해

오영미 히말라야의 동물들

야크는 고산지대에 특화돼 있는 동물인데,
특히 네팔 지역에서 가장 많이 사육되고 있다고 한다.

를 입었고, 점차 야크를 사육하는 농가도 줄어들어 옛날만큼의 생산량은 나오지 못한다고 한다. 그러나 야크 치즈는 일반 소의 치즈보다 단백질 함량도 많고 영양가도 충분하다고 하니 히말라야를 대표하는 상품으로 남아 있기를 바라고, 혹여 그곳을 다시 방문할 기회가 있을 때 야크 떼의 위용을 다시 볼 수 있기를 바라는 게 솔직한 관광 산행인의 심정이다.

이번 산행에서 무엇보다 친구 역할을 톡톡히 했던 것은 등산객과 함께 로지를 오가던 개들이었다. 안나푸르나를 영상으로 보여주는 각종의 유튜브를 보면 이들 개를 자주 목격할 수 있다. 힘든 산행 중에 동무를 해주고, 로지에서 쉴 때면 옆에 누워서 같이 쉬다가 다시 산행이 시작되면 친구처럼 또 따라나서곤 했다. ABC까지 오르는 데만 4일, 내려오는 데 이틀이 걸리는 대장정임에도 이 개들은 산행 파트너를 바꿔가며 하루에도 몇 번씩 이 길을 오르내리는 것으로 보였다.

포터의 말에 의하면 거의 끝에서 끝까지 그렇게 다니노라고, 소속된 로지도 따로 있는 것 같지 않았다. 저녁에 누울 곳이면 그곳이 집이 되고, 그러니 로지의 주인들도 개의 소속을 별

오영미 히말라야의 동물들

이번 산행에서 무엇보다 친구 역할을 톡톡히 했던 것은
등산객과 함께 로지를 오가던 개들이었다.
힘든 산행 중에 동무를 해주고,
로지에서 쉴 때면 옆에 누워서 같이 쉬었다.

로 신경 쓰지 않는 듯했다. 사실 그래서 이들이 더욱 신경 쓰였던 면도 있다. 누가 애들에게 먹이를 챙겨줄 것인가, 고지대는 그렇게 추운데 잠자리는 누가 챙겨주는가, 그런 것들도 걱정되었다.

그런데 큰아이가 만류에도 불구하고 개한테 육포를 먹인 게 사달이 되었다. 그까짓 육포 주면 그만이었지만 그렇게 맛을 들여놓으면 우리가 떠난 다음에 이 개들은 어떻게 그 맛을 잊고 평상을 찾을 것인가 고민이 되었던 것이다. 차라리 모르는 채로 사는 게 개의 일생에도 편할 것이라는 생각에서였다. 그렇지만 딸아이의 애견심은 그런 걱정을 넘어섰나 보았다.

점심에 들른 로지에서 준 육포를 잊지 못하고 다음 로지로 산행하는 내내 육포를 맛본 개는 거리를 두지 않고 따라붙기 시작했다. 그리고 그날 저녁 로지의 방으로 들어와 침대에 올라타 있거나 방문을 열어달라고 문을 긁고 짖는 일이 매우 공격적으로 벌어졌다. 그 개의 외침은 밤새 이어졌다. 새벽에 화장실을 가려고 문을 열고 나갔을 때 그 개는 문 앞에 보초 서듯이 누워서 그 추위를 견뎌내고 있었다. 육포의 유혹이 이렇게도 컸던가, 어쩌면 이 개가 평생 맛보지 못했을 맛이었을 수

오영미 히말라야의 동물들

도 있겠다 싶었다. 소고기를 먹지 않는 지역에서 언감생심 개가 소고기를 먹어봤겠는가. 우리는 장난스럽게 저 개가 야크의 엉덩이를 물어버릴지도 모르겠다며 웃었다. 이 개는 정상까지 우리를 따라왔고, 하산길에도 따르기를 멈추지 않았다. 정말 강력한 소고기 맛이었나 보다.

무지막지한 고통을 감내해야 했던 산행이었지만 함께였던 이 동물들은 히말라야 기억의 중심에 다정하게 자리해 있다. 잠시 멀리서 보았던 원숭이도 있었지만 가까이 오래 본 뒤에 사랑스러움을 느낀다는 어느 시인의 말처럼 풍경으로 끝난 동물은 잘 기억나지 않는다. 히말라야를 기억하고 그리워하는 내내 우리는 그들이 살아 그곳에서 숨 쉬고 있다는 사실에 많은 위안을 받으며 살아갈 것이다.

이 신 자
Lee Shin Ja

초록 생명과 식집사
까만 눈 속 관찰기

이신자

서울 연희동에서 태어났다. 가천대학교
대학원에서 국어교육학을 전공하였고 현재
초등학교에서 논술과 글쓰기를 가르치고
있다. 2012년 계간지『서시』에 소설을
발표하였다.

초록 생명과 식집사

그 여인을 만난 것은 8년 전이었다. 그날도 나는 잠자코 주인을 기다리고 있었다. 함께 도착한 여남은 정도의 친구들은 이미 분양되고 곁에 없었다. 신혼부부로 보이는 젊은 남녀가 거실을 장식한다며 다섯이나 되는 친구들을 한꺼번에 입양해 간 후 곁에 세 그루 정도 남았던 아이들이 하나둘씩 없어지더니 결국 나 혼자 남게 된 것이다. 가게 사장님은 홀로 남은 나를 한동안 들여다보더니 몸뚱이를 깔끔하게 다듬어주었다. 가게에 오자마자 밑동을 시원하게 이발했지만 열흘 동안 삐죽삐죽 올라온 잎사귀가 거슬렸던 모양이었다.

나는 얼른 주인을 만나고 싶었다. 가게는 항시 습하고 덥고 바람이 통하지 않아 답답했지만 그보다 더 견딜 수 없는 것

이신자 초록 생명과 식집사

이 있었다. 곁에 앉은 크로톤에 서식하는 응애와 마삭줄 틈바구니에 교묘하게 숨은 깍지벌레가 자꾸만 나를 넘보는 일이었다. 사실, 녀석들을 물리치는 일은 간단했다. 온 힘을 다해서 향을 뿜어내기만 하면 되었다. 사람들은 레몬 내 나는 내 향을 좋아했지만 녀석들은 내 향에 질색을 떨었다. 문제는 끈질긴 녀석들이 쉽사리 소멸되지 않는다는 것이었다. 가게 사장님은 해충을 박멸하기 위해 이레마다 독한 약을 뿌렸다. 그때마다 나 역시 죽을 맛이었지만 악착같이 견뎌냈고 나약한 그 녀석들은 대부분 죽어갔다. 하지만, 끈질긴 녀석들은 잎사귀 뒷면과 줄기, 뿌리의 틈바구니에 숨어 있다가 교묘하게 살아남았다. 불사신이 따로 없었다. 녀석들에게 나는 미지의 신세계이자 오염되지 않은 원시림이었다. 녀석들은 포기하지 않고 호시탐탐 나를 넘봤지만 녀석들 못지않게 만만치 않은 나 역시 한 치의 틈도 허용하지 않았다.

하지만 바람도 통하지 않고 햇빛도 시원찮고 습하기만 한 비닐하우스에 계속 있다간 유일한 무기가 되는 내 향기는 점차 약해질 테고 놈들은 그 틈을 놓치지 않을 것임이 분명하기 때문에 내가 살 길은 이 화훼단지를 빨리 벗어나는 길밖에 없다는 것은 자명한 일이었다.

키 20센티미터도 되지 않은 쬐끄만 몸이지만, 이래 봬도 나는 4년생이다. 그 4년 동안 죽을 고비는 수차례 있었다. 자연 속에서 생명체가 삶을 영위한다는 것은 모질다. 처음부터 그 사실을 알진 못했다. 튼실한 모체에 붙어살던 나였기 때문에 알 턱이 없는 것은 당연한 일이었다. 모진 삶은 어느 날 가위를 든 손이 내 꽁무니를 잘라내면서 시작된다. 아찔하고 얼떨떨한 충격이었지만 내가 죽을 수도 있다는 생각까지 들진 않았다. 얼떨떨함이 가시기도 전에 내 꽁무니엔 하얀 가루가 묻혀지고 질석에 꽂혔다. 모든 것은 순식간이었다.

그 상태로 나는 6개월을 견뎌야 했다. 그 6개월은 모체에 붙어 있을 때 살아 있는 것과는 차원이 달랐다. 신이 주신 생명을 그대로 보존하는 것이 아니라 내 의지로 새로운 탄생을 기약해야 하는 일이었다. 생명의 줄을 잡기 위한 고군분투가 시작된 것이다. 가장 두려운 것은 공포였다. 물을 머금은 질석 속은 촉촉하고 부드럽고 안락했지만 내 불안과 두려움과 공포감까지 잠재워주진 못했다. 모든 것이 불안했고 두렵고 암울하기만 했다. 죽느냐 사느냐의 기로에 섰던 나였지만 내가 할

이신자 초록 생명과 식집사

수 있는 일은 아무것도 없었다. 차가운 물속에 꽁무니를 박고 견디는 수밖에 없었다.

그 누구의 관심도 눈길도 예쁨도 받지 못했다. 미숙하고 못난 몸뚱이로 비와 바람과 햇빛과 먼지를 고스란히 견뎌야 했다. 당시는 모든 것이 암울했다. 우울하고 암울했던 내게 그 어떤 것도 위로가 되지 못했다. 모체에 붙어 있을 때는 매일매일 빨아들였던 신선한 물과 부드러운 바람, 보약 같은 햇빛이 그렇게 행복할 수 없었지만 나 홀로 그 모든 것들을 해결해야 하는 지경에 처하니 지긋지긋할 지경이었다. 함께 모체에서 분리되었던 아이들은 하나둘씩 암울함을 견디지 못하고 죽어갔다. 특히, 모체에 붙어 오래 살아 잔뼈가 굵었던 형제들이 먼저 죽었다. 그들은 모체의 양분을 너무 오래 먹고 자랐기 때문에 줄기가 갈색이 되었고 홀로 자생할 수 있는 능력을 이미 잃었던 것이었다.

가위를 들었던 손은 다시 나타나, 죽은 형제들을 쏙쏙, 빼내어서 쓰레기통에 버렸다. 그들이 빠져나간 자리는 점차 넓어지고 내 몸이 운신하기는 한결 편안해졌지만, 그렇다고 해서 행복한 것은 아니었다. 나 역시 그들처럼 쓰레기통에 처박

히는 순간이 올 수도 있다는 공포 때문이었다. 이따금씩 사람은 얼굴을 가까이 대고 나를 관찰한 다음 물만 보충해주고 갔다. 근 세 달 동안이나 나와 함께 견뎠던 아이 중 하나가 또 죽어 뽑혀 나갔다.

지루하고 암흑 같던 몇 개월이 지나자 내게선 이상한 조짐이 느껴졌다. 물을 빨아들이는 것이 한결 수월해진 것이었다. 그전에는 꽁무니에만 물이 담겨 숨만 겨우 유지했었다면, 이젠 줄기와 잎사귀로 신선한 물이 쭉, 올라오는 느낌이었다. 결코 나쁘지 않은 기분이었다. 모체에 붙어 있을 때 빨아들였던 물맛과는 또 다른 상쾌함이었다. 물을 먹는 것이 한결 수월해진 후 달포가 지나자 가지에선 새싹이 돋아났다. 꽁무니에서 나온 뿌리는 점점 자라고 있었고 이제 살 수 있게 되었다는 신호를 준 것이다.

3천 원에 사 온 율마를 거실에 배치했다. 10여 년 전 겨울, 율마에 꽂혀 집 안에 들였다가 어이없이 보낸 기억이 있어 율마를 사지 않으려 했지만 화훼단지에서 본 3천 원짜리 자그마한 율마에 또 꽂혀버린 것이다. 측백나무나 소나무의 미니

　　　　　　　　　이신자 초록 생명과 식집사

어처 모양으로 생긴 율마는 매력적이었다.

　조경업자의 딸로 살아왔지만, 나에게 나무는 그냥 나무였고 난초와 잡풀의 차이점과 다른 점이 도무지 무엇인지 구분이 안 되었다. 당연히, 난초의 비싼 몸값을 인정할 수도 없었다. 공원이나 냇가에서 흔히 볼 수 있는 잡풀과 유사한 형태를 띤 난초는 호화로운 분에 담겨 수십만 원에서 수천만 원의 몸값을 자랑했기 때문이었다. 그랬던 내 눈에 나무가 점차 들어오고 식물을 키우는 재미에 빠졌던 것은 나만의 공간이 생긴 후였다. 아버지의 나무 농장에 심겨 있던 갖가지의 나무를 보고 자랐던 나에게 자그마한 화초는 별로 눈에 들어오지 않았다. 정원이 딸린 집에서 수목을 심고 가꾸며 감상하고 싶었지만 여건이 되지 않았다. 내 역량 안에서 정원을 꾸밀 수 있는 것은 숲이 가까운 집에 살면서 베란다에 식물을 두는 것이었다. 그중 수목과 가장 유사한 형태의 식물은 율마였다.

　가을에 들여온 율마는 겨우내 남서향 햇살을 받으며 거실에서 살았다. 다시 실패하지 않기 위해 공부하고 연구하여 물을 많이 주고 순 따기도 해주며 보살폈지만 봄이 되자 율마의 한쪽 면이 점차 퇴색되기 시작했다. 율마의 초록잎은 한 번 갈

변하기 시작하면 걷잡을 수 없다. 그 때문에 나는 서둘러 갈변된 부분을 잘라내고 율마에 대해 연구하기 시작했다. 하지만, 율마는 연구까지 할 필요가 없는 단순한 식물이라는 것을 나를 비롯해서 사람들은 잘 모르고 있었던 것이었다. 율마에게 필요한 것은 딱, 세 가지뿐이었다. 바람, 햇빛, 물이다. 이 세 가지만 충분하게 갖추어져 있으면 율마는 군소리 없이 쑥쑥 자랐다. 이발을 시켜주면 해주는 대로 어여쁜 꼴을 갖추며 자랐다. 겨우 내내 거실에 갇혀 있던 율마는 나름대로 살기 위해 고군분투를 했던 것이지만 내가 그 신호를 알아채지 못했던 것이다.

율마 집사 8년의 경력으로 볼 때 율마는 동물로 치면 고양이이다. 시크하면서 담백하고 고요하면서 정적이지만 이중적인 면도 있다. 사람에게 곁을 주지 않으면서도 사람의 손길을 갈구한다. 사람이 사는 공간에서 함께 못 살지만 사람의 관심이 조금이라도 멀어지면 죽어버린다. 율마는 진솔하고 충직한 식물이다. 성실한 주인에게는 배신하지 않는다. 충실한 사랑에는 건강하고 매력적인 외형으로 보답을 한다. 율마는 해충 따위에게 쉽사리 몸뚱이를 허용하지 않는다. 강력한 향을

이신자 초록 생명과 식집사

1호에서 시작한 율마는 현재 57호까지 늘어났다.
율마들은 좁아터진 베란다에서 옹기종기 자리다툼을 한다.

뿜어 해충과 싸우고 해충을 쫓아낸다. 율마가 죽는 것은 오로지 집사의 탓인 것이다.

1호에서 시작한 율마는 현재 57호까지 늘어났다. 오전부터 오후까지 종일 드는 햇빛을 한껏 받는 아이들은 번식에 번식을 거듭하여 대가족을 이룬 것이다. 덕분에 율마들은 좁아터진 베란다에서 옹기종기 자리다툼을 하며 붙어 앉아 공간을 잠식해가고 있다. 왕성한 식물들 덕에 베란다를 통과하려면 비 사이로 막 가처럼 이리저리 몸을 틀어 지나다녀야 한다. 봄이면 취미 삼아 화훼단지를 기웃거리다가 꼭 한두 생명을 보듬어 왔지만 이마저도 그만둔 지 오래였다. 세를 불린 율마들의 기세가 워낙 드센 탓이다.

왕성한 생명력을 자랑하는 식물들 곁에 있으면 주인 역시 깨끗한 물을 죽, 빨아들이듯 생동감을 얻기도 하지만 때로 강한 생명력에 기가 눌릴 때도 있다. 내가 사는 소형아파트에는 집사 한 명에 60여 개의 생명이 집 안을 잠식해가고 있기 때문이다. 덕분에 나는 요즘 유행하는 미니멀리즘을 동경하지만 지향할 수조차 없게 되었다. 본의 아니게 맥시멀리스트가 될 수밖에 없는 상황이다. 장기간의 여행이나 이사를 계획하기도

이신자 초록 생명과 식집사

전에 식물 걱정부터 앞서는 것을 보면 나는 천상 조경업자의 딸인 것 같다. 조경업을 했던 아버지는 나무를 쳐다볼 때 낯빛이 가장 빛났다. 생동감이 넘치고 선해 보였던 아버지의 낯빛은 조경업을 접은 후 서서히 시들어갔다.

사람이 식물에게 주는 것은 바람, 물, 빛뿐이다. 그마저도 자연이 다 해결해주는 경우가 부지기수이다. 하지만, 식물은 사람에게 절대적이다. 인간의 신체는 산소 없이 5분 이상을 버틸 수 없음에도 우리는 식물이 주는 절대성을 간과한다. 식물이 주는 생명력은 그 어떤 인공장치로도 대체할 수 없다. 그러므로 나는 집 안에 공기청정기를 들이는 대신 충실한 식물 집사가 되기를 강력 추천한다.

까만 눈 속 관찰기

또또는 유기견의 새끼였다. 또또의 엄마는 몰티즈였는데 부드럽고 흰털이 매력적인 아이였다. 그래서 우리는 '매력'이라고 이름을 지어주었다. 매력이는 길거리를 헤매다가 아빠를 따라 우리 집에 왔다. 매력이는 영리하고 예뻤다. 매력이는 길에서 푸들 신랑을 만나 교접을 했다. 두 연인은 금슬이 좋아 여덟 마리나 자녀를 보았다. 매력이는 초산이었지만 혼자서 씩씩하게 새끼를 낳았다.

몽글몽글하고 오밀조밀한 새끼들은 사람들에게 적잖은 행복과 기쁨을 주었다. 새끼들에 대한 호기심과 궁금증을 이기지 못한 우리 가족은 일주일이 지나 차일을 들추고 매력이 집을 구경했다. 평상시와 달리 예민해지고 날카로워진 매력이는 아무리 주인이라지만 젖도 떨어지지 않은 핏덩이 새끼들을 들여다보는 것이 못마땅했다. 하지만, 착한 매력이는 여력이 되는 한 품에 새끼들을 끌어안고 감추려고만 할 뿐이었다. 일주일이 지난 새끼들은 아직 눈도 뜨지 못했고 배를 땅에 쓸며 납작 엎드린 채 엄마 젖만 찾았다. 새끼들은 밤낮없이 귀여운 소리를 내며 엄마 젖을 빨고 하루의 대부분을 잠으로 충당했다. 매력이는 엄마가 끓여준 미역국에 사료를 말아 먹고도 비쩍 말라갔다.

몽글몽글한 것들이 다리에 힘을 주고 일어서서 밖으로 나와 용변을 보거나 세상 구경을 하게 된 것은 태어난 지 한 달이 다 되어서였다. 그즈음, 매력이는 여덟 마리의 새끼들을 감당하기 힘들어하는 것 같았고 수유를 마다하기 시작했다. 우리는 부족한 새끼들의 젖을 분유를 타주며 충당했다. 매력이는 새끼들의 오줌 맛과 똥 맛이 다른 듯 점차 용변을 치우지 않았고 매력이네 집은 지저분해져갔다. 깔끔한 매력이는 집에 잘 들어가지 않았고 배곯은 아이들은 어미에게 젖 달라고 아우성을 쳤다. 우리는 사료를 우유에 불려 먹이기 시작했다. 그즈음, 지인들은 하나둘씩 아이들을 분양해 갔고 부모님은 두 마리만 남겨두고 모란장에 나가서 팔았다.

또또는 매력이의 새끼 중 한 마리였다. 제 엄마를 제일 많이 닮아 여리여리하고 예뻤지만 성질이 더러웠다. 앙칼지고 사나운 성질은 고샅을 지나가는 사람들에게까지 공격성을 드러내곤 했다. 무심코 지나가던 사람들은 또또의 자지러지는 소리에 깜짝 놀라곤 했다. 또또는 지보다 덩치가 훨씬 큰 수놈 황소(또또의 동복형제이다)에게도 절대 지거나 물러서지 않았다. 매번, 앙알거리며 표독스럽게 달려드는 통에 순한 황소는 쉽게 백기를 들었다. 오로지 먹고 싸는 것에만 관심 있는 황소였지만 또또에겐 먹이를 양보했고 좋은 자리도 양보하며 한데서 잤다. 황소는 어느 날 갑자기, 교통사고로 죽었다. 또또는 며칠 동안 집 안 곳곳의 냄새를 맡으며 배회했다. 경쟁자가 사라지자 밥그릇의 밥도 줄지 않았고 대상이 없으니 앙칼진 성질도 잦아들었다.

주인은 한동안 또또를 묶어 길렀다. 황소만큼의 크기는 아니지만, 넓적한 얼굴과 덩치에 어울리지 않게 애교도 많고 순한 황소를 잃어버린 것은 또또뿐만 아니라 주인에게도 충격이었다. 동고동락하던 형제를 잃고 몸뚱이마저 줄에 묶인 처

이신자 까만 눈 속 관찰기

지에 놓인 또또는 한동안 낑낑대며 보챘다. 하지만, 며칠이 지나자 또또는 황소를 잊고 식욕을 되찾았다. 황소만 빠졌을 뿐 주인 가족은 그대로였기 때문이었다. 또또는 점차 안정을 되찾는 듯했다.

또또는 주인을 따라 나무 농장에 출퇴근을 함께하며 한동안 평화로운 나날을 보냈다. 평화로운 나날은 남자친구를 만난 후부터 깨졌다. 주인에 대한 충성심이 강했고 주인밖에 모르던 또또였지만 한순간에 변해버렸다. 주인에게 소홀했고 약간의 광기도 보였다. 무언가에 단단히 홀린 듯했다. 또또의 남자친구는 검정 푸들믹스였는데 동네 건달이었다. 집이 있고 주인도 있는 것 같았지만 길거리를 배회하면서 아무거나 주워 먹고 짝짓기를 하고 다녔다. 놈은 먹고사는 목적이 오로지 종족을 보전하기 위한 것인 듯 수많은 암컷들을 거느렸다. 푸들은 또또를 만나고 나서는 대놓고 외박을 했다.

또또는 농장에 마련된 세컨하우스에서 놈과 살림을 차렸다. 또또는 주인을 따라 집으로 퇴근했지만 푸들은 종일 하우스에서 연인을 기다렸다. 한번은 하우스 안쪽 깊숙이 제 처를 감추고 주인에게 안 내어놓은 적도 있었다. 주인은 홀로 퇴근했다. 뒤늦게라도 집으로 돌아올 줄 알았지만 그날 밤, 또또는 들어오지 않았다. 그 후로 또또는 남자친구를 따라 종종 외박을 했다. 둘은 밥을 굶어가며 짝짓기를 했다. 굶어 죽을까 봐 염려한 주인 내외가 또또를 안고 집으로 돌아가려 하자, 푸들은 울부짖으며 따라왔다. 주인 내외는 돌을 던져 푸들을 쫓아냈다. 빨리 집에 가서 밥을 먹으라는 신호였지만 다음 날 주인이 출근했을 때 푸들은 또또의 세컨하우스에서 처를 기다리고 있었다. 푸들의 사랑스런 아내는 애석하게도 목줄에 묶여 집에 있었다. 해가 지도록 푸들은 또또의 집에서 기다렸다. 놈의 모습은 흡사 망부석 같았다. 불러도 나오지 않고 막대기를 집에 넣어 쫓아내도 으르렁거릴 뿐 도망치지 않았다. 주인 내외는 포기하고 집으로 돌아갔다. 다음 날 새벽, 운동을 나가던 남주인이 또또의 집에서 튀어 나오는 푸들을 발견했다. 인기척에 놀란 놈은 열린 대문 틈으로 꽁지 빠지게 도망쳤다. 남주인은 혀를 끌끌 찼다.

6개월이 흘러, 또또의 몽실한 배에서 일곱 마리의 새끼가 나왔다. 또또는 초산임에도 밤새 홀로 출산을 했다. 아침에 주인이 들여다보았을 땐, 태반과 탯줄을 삼키고 새끼들의 몸뚱

이신자 까만 눈 속 관찰기

이에 묻은 양막까지 말끔하게 핥아 먹은 후였다. 또또는 닷새 동안 밖으로 나오지도 않고 새끼들의 똥오줌을 받아먹고 혀로 깨끗하게 목욕시켜주고 젖을 먹였다. 또또의 젖에 들러붙은 새끼들은 한결같이 건강했고 날이 갈수록 오동통해졌다. 또또의 눈에서 나온 눈물은 갈색이 되어 눈가에 고랑을 이루었고 눈곱이 전에 없이 많아졌다. 여주인이 끓여서 들이 밀어준 미역국도 먹는 둥 마는 둥 하며 새끼들에게 젖만 먹이고 있었다. 또또는 오줌, 똥을 싸러 아주 잠깐만 밖에 나와 볼일만 보고 새끼들이 있는 집으로 쏜살같이 들어갔다.

가족은 나날이 오동통해지고 귀여워지고 막 눈을 뜨기 시작하는 새끼들을 보는 낙보다 날로 피폐해지는 또또의 몸이 걱정이었다. 새끼들은 모두 분양을 하거나 모란장에 팔고 또또만 키울 생각이기 때문이었다. 또또는 날이 갈수록 피골이 상접해졌다. 그도 그럴 것이 또또는 원체 입이 짧았다. 잘 먹지 않는 아이가 일곱 마리의 새끼에게 젖을 빨렸으니 몸이 축나는 것은 당연한 일이었다. 우리는 또또에게 삼겹살을 구워 내밀었다. 할 수 없는 일이었다. 입이 짧아서 그렇게 입에 맞는 자극적인 음식만 밝혔지만 새끼들에게 뜯긴 몸을 보양하기 위해서는 무엇이든 먹여야 했기 때문이었다.

새끼들이 이유(離乳)를 하고 나서 또또는 더 이상 새끼들에게 젖을 주지 않았다. 새끼들의 똥오줌도 먹지 않아 또또의 집은 불결해졌는데, 제 어미 매력이와 다른 점이 있다면 또또는 집 안에다 똥을 싸는 새끼들을 물어 쫓아내 밖에 나가 싸도록 철저하게 교육을 시켰다는 것이다. 또또의 교육은 그것에 그치지 않고 이빨이 난 새끼들에게 젖을 끊었음에도 달려들어 뜯어 먹으려는 놈들이 있으면 앞발로 꽉 잡아 도망치지 못하게 한 다음 상처가 나지 않도록 물어 겁을 주었다. 새끼들은 제 엄마에게 혼이 나고 점차 그런 짓을 하지 않았다. 또또의 새끼들은 귀엽고 영리해서 금세 분양이 되었고 제일 못난 깜순이만 어미의 곁에 남게 되었다.

딸내미와 함께 살았지만, 또또는 다시 예전의 또또로 돌아왔다. 깜순이는 또또의 딸이었지만 젖먹이 때만 딸이었을 뿐 더 이상 딸이 아니었다. 또또는 이제 다시 또또가 되었고 그의 딸 깜순이는 또 하나의 주인집 강아지가 되었다. 둘은 먹이와 주인의 사랑을 두고 경쟁하는 라이벌이자 동료였다. 먹이를 두고 싸웠고 주인의 사랑을 독차지하기 위해 암투를 벌

이신자 까만 눈 속 관찰기

였다. 또또는 우리 가족으로 8년을 살았다.

우리 집엔 늘 개가 있었다. 늘 마당이 있는 집에 살았고 늘 마당에 개를 풀어놓아 길렀다. 농장을 운영하게 되면서 농장에 놓아 길렀다. 농장과 농장 곁의 야산은 개들의 놀이터이자 사냥터가 되기도 했다. 농장에서 개들은 사냥 본능을 발휘하여 쥐는 물론 너구리, 뱀, 고라니까지 잡아 바쳤다. 주인은 기겁을 했지만 놈들에게 그것은 충성심의 한 표현이었다. 주인은 집을 지키기 위해 혹은 잔반을 처리하기 위해 개를 길렀지만, 놈들은 주인에게 삶 전체를 바쳤다. 놈들에게 주인은 온 세상이었고 전부였다.

진돗개는 주인이 있는 방의 창문을 바라보며 하루의 대부분을 보냈다. 주인이 내는 작은 기침 소리에도 귀를 쫑긋하며 반응했고 주인과 함께 새벽 운동을 나가는 것을 세상 전부의 행복으로 여겼다. 온 농장을 휘젓고 다니던 놈들의 체격은 들개보다도 컸고 사납고 맹렬한 공격성을 드러냈다. 놈들의 공격성은 때때로 농장에 온 손님들을 쫓아내곤 했다. 그 때문에 주인은 놈들을 묶어놓기도 했지만 줄에 묶인 놈들은 온종일 울부짖으며 항의와 데모를 했다. 야생성을 지닌 놈들은 묶여 있는 것을 반나절도 참지 못했고 용납하지 않았다. 줄을 묶어놓은 기둥을 뽑아버릴 태세였고 개집에 묶어놓으면 집을 끌고 다녔다. 할 수 없이 주인은 며칠 지나 놈들을 풀어주었다. 온종일 야산을 쏘다니던 놈들은 주인이 내민 밥그릇의 밥을 정확히 한 입, 두 입, 세 입 만에 감추었다. 놈들은 밥그릇을 싹싹 핥아 설거지까지 깨끗하게 끝낸 다음 고랑에 흐르는 물에 입을 헹구고 무리 지어 야산으로 놀러 나갔다.

놈들은 어느 날 한꺼번에 사라졌다. 삼복이 가까워오는 시점이었다. 낯선 남자가 온 동네를 돌며, 개 사요! 개 사요! 라고 소리치고 나면 동네의 개들 몇 마리는 꼭 사라졌다. 우리 개도 그들의 표적에서 벗어나지 못한 것 같았다. 심증은 있지만 확증은 없었다. 개를 찾으러 온 동네를 헤맬 수밖에 달리 방법이 없었다.

개들의 이름을 부르며 야산을 헤매고 온 동네를 뒤졌지만 덩치 큰 놈들의 터럭 한 올조차 발견할 수 없었다. 낯선 이에게 그토록 사납고 공격적인 놈들을 어떻게 꼬셔 한꺼번에 잡아갔는지 도무지 미스터리였다. 개장수의 능력은 가히 신급이

이신자 까만 눈 속 관찰기

진돗개는 주인이 있는 방의 창문을 바라보며 하루의 대부분을 보냈다.
주인은 놈들을 묶어놓기도 했지만 줄에 묶인 놈들은 온종일 울부짖었다.
개집에 묶어놓으면 집을 끌고 다녔다.
할 수 없이 주인은 며칠 지나 놈들을 풀어주었다.

었다. 주인은 남의 개를 훔쳐간 이들을 향해 '개새끼!'라고 소리쳤다. 주인이 소리친 욕설은 야산의 허공 속을 맴돌다가 먼지처럼 소멸되었다.

누군가 데려가서 잘 키워주기만 한다면 평생 보지 못해도 괜찮았다. 하지만, 놈들의 생명이 이름 모를 이들의 손아귀에 결국 끊어졌을 것을 알기에 울분이 차올랐고 고통스러웠다. 사납고 거친 놈들이지만, 죽음 앞에서는 두렵고 고통스러웠을 것이었다. 얼굴도 모르고 연고도 알 길 없는 개장수를 찾아 따지고 복수를 할 수도 없는 일이었다. 놈들에게 주인은 무기력한 사람이 되었다. 애만 태울 뿐 한을 풀어주지 못했다. 농장에서 기르던 나무들이 죽어 나갈 때가 있었지만 키우던 동물을 잃었을 때의 고통과는 비견할 수 없었다. 주인은 생명을 키울 자신을 잃어갔다. 사라진 개들이 남긴 것은 들락거리며 떨어뜨린 털 뭉치와 개집뿐이었다. 깨끗하게 핥아 설거지했던 찌그러진 개 밥그릇은 흙 속에 처박혀 유물이 되어갔다. 주인은 방치된 개집을 어느 날 소각했다. 해를 넘기도록 새 생명은 집 안에 들어오지 않았다.

이른 봄의 어느 날, 주인은 거래처에서 미수금 대신 강아

이신자 까만 눈 속 관찰기

지 한 마리를 받아 왔다. 진돗개 믹스였는데 백구였다. 수컷인 놈의 얼굴은 첫눈에 반할 정도로 잘생겼다. 우리는 놈의 이름을 '미남이'라고 지어주었다. 극도로 겁이 많고 낯을 가려 집에만 숨어 있던 미남이는 어느 날, 마당에 핀 새싹을 발견하고 집 밖으로 나왔다. 놈은 강아지풀같이 탐스런 꼬리를 흔들며 새싹에 코를 박았다. 연둣빛 새싹과 인사하는 검정 콧잔등과 풍성한 꼬리가 앙증맞았다. 봄날의 쨍한 햇빛은 새싹과 미남이의 흰 털을 공평하게 빛내주었다.

정 해 성
Jeong Hae Seong

수월리 재곤이들
개과와 고양이과

정해성

부산에서 태어났다. 부산대학교
국어국문학과를 졸업하고, 같은 대학원에서
문학박사 학위를 받았다. 부산대에서
문체교육론, 현대소설론, 문학개론,
문예비평론 등의 과목을 강의했고, 현재
문화평론가로 활동 중이다.
『문체 연구 방법의 이론과 실제』『장치와
치장』『매혹의 문화, 유혹의 인간』『감동과
공감』등의 저서가 있다.

수월리 재곤이들

안과 밖의 구분이 모호한 뫼비우스의 띠처럼, 동식물에 대한 나의 관심 및 애정도 모호하다. 난 동식물을 나의 에너지와 시간을 과하게 들여가면서 키울 정도로는 좋아하지 않는다. 반려견은 어렸을 때부터 내 삶 속의 일부를 같이한 몇 아이들도 있고, 상호작용 또한 직접적인지라 일단 무조건 귀엽고 좋다. 그러나 경계가 심한 고양이, 이렇다 할 구체적 소통이 없는 식물들에 대해서는 별 관심이 없다. 반려견 또한 새로 주고받는 삶의 활력과 애정이 적지 않음을 잘 알지만, 여행, 출장 등 집을 장시간 비워야 하는 때를 떠올리면 책임지지 못할 부분인지라 시작도 하지 않는 것이 맞다는 생각도 든다. 개나 고양이가 실내보다는 실외에서 활동하는 것이 순리라는 생각도 들어서, 어떤 형식이든 울타리에 가둬서 기르는 것이 잘하는 일이라는 생각도 잘 안 든다.

어머니는 식물 가꾸는 것을 무척 좋아하셨다. 성인이 되어 독립하기까지 부모님과 함께 살던 우리 집에는 등꽃, 감나무, 동백나무, 엄청난 크기의 꽃이 피는 모란, 난초 등등 늘 계절마다 다양한 식물들이 자라고 있었건만, 난 그것에 눈길을 준 기억이 별로 없다. 등꽃의 보라색이 참 예뻤고, 꽃 선물 받는 것을 좋아한다. 꽃 선물은 선물 받던 당시의 분위기나 정서를 지속시켜주기에, 꽃이 피어 있는 동안에는 맘이 풍요롭다. 그러나 식물을 기를 정도로 좋아해본 적이 없다. 식물들의 생장을 다 파악해서 물 주는 시기를 비롯해서 보살피기엔 내 한 몸 수습하기도 힘든 인생이라고 생각했다. 선물받은 화분들은 내 손에서 대참사를 당해 생을 마감하기 전에, 빨리 잘 기를 수 있는 사람들을 수소문하였다. 선물받는 순간부터 맘이 분주하고 머리가 복잡하다. 행여 내가 죽이게 될까 봐 두렵기까지 하다. '1주에 한 번'이라고 하면, 그 1주 후가 언제부터 1주를 세기 시작해야 하는지, '뿌리가 젖도록 충분히' 내지 '적당히'라는 말도 그 정도를 가늠할 수가 없다. 실내외 정원이 주어진 아파트로 이사 갔을 땐 큰 결심으로 장미도 심고 분수를 비롯해서 실내정원도 꾸며봤다. 그러나 실내정원은 1년 만에 퇴출했고, 생명력 강하다는 줄장미도 어디서 심어온 국화에게 공간을 빼앗기면서 자연적으로 사라졌다.

청도군에서 문화예술인 마을인 문화생태마을 '수월 21'을 조성했고, 나는 그 마을의 상주하지 않는 입주민이다. 시골에 집이 있다는 것이 뭔지 모르는 아스팔트 키즈인지라, 건축가 김경호 씨가 120평 남짓한 마당에 잔디를 심고 나무 몇 그루를 심겠다고 하길래 그 이후를 상상도 못 하고 일단 찬성을 했다. 그 결과 우리 집 마당은 4, 5월이 지나면 겨울이 오기까지 잔디밭인지, 잡초밭인지 구별이 안 된다. 다들 잡초를 뽑아야 한다고 하지만, 난 왜 세상이 화초와 잡초를 구별하고 차별하는지 납득이 안 된다. 진심 어린 변명을 하자면 내 눈엔 잡초도 예쁘고, 들꽃도 충분히 예쁘다. 무수히 피어 있는 들꽃들을 보면 하늘의 별 같다는 생각도 든다. 물론 정갈하게 정리된 이웃들의 정원들을 볼 때 예쁘다는 생각을 하지만, 정원의 꽃만

정해성 수월리 재곤이들

큼이나 들꽃만이 줄 수 있는 아름다움 또한 있다고 생각한다. 무성한 잡초가 자라는 것을 지켜보면서 내심 흐뭇해하기도 한다. 햇빛 따스한 날, 잡초들 틈으로 나비들이 날갯짓하며 나는 모습을 바라보면 세상 없는 평화를 느끼기도 한다.

그러나 마을 전체 외관을 위해 입주민 대표로부터 잡초 제거의 권유 내지 압력을 마침내 받게 되면, 내키지는 않지만 잡초를 제거한다. 간혹 가족들이 보다 못해 감사하게도 알아서 제거해주시기도 한다. 도시 농업을 공부하고 강의 다니는 친구가 자기에게 맡겨주면 잘 해보겠다고 나서기도 했지만, 정원을 꾸며야 하는 이유를 난 아직도 도무지 알 수가 없다. 산 그대로의 모습 또한 예쁘게 디자인된 식물원이 주는 느낌을 줄 수 있다고 생각한다. 인위적인 식물원에서 그리 감동을 받아본 적이 난 없다. 올해는 어떻게든 코스모스 씨앗을 구해서 마당에 잔뜩 뿌려놓고, 가을엔 코스모스 꽃밭을 바라보면서 음악회를 하겠다는 야심 찬, 그래서 성취 여부가 모호한 포부를 가져보기도 한다.

이렇게 반려견, 반려묘, 식물들과 무관한 삶을 살고 있는 내 삶에 변화가 생겼다. 작년부터 청도 집에 갈 때마다 자기가 집주인인 것처럼 당당한 태도로 나를 쳐다보던 고양이가 두 마리나 있었다. 내가 근처에서 움직여도 도망갈 기세가 전혀 없었다. 주객전도로 오히려 나를 보고 '우리 집에서 뭐 하니?' 이런 표정이었다. 나 따위는 신경도 안 쓰고, 두 마리가 자기들끼리 내 집에서 여유롭게 일광욕을 즐기며 놀고 있었다. 그 고양이인지는 모르겠으나, 우리 집의 데크 아래에 고양이가 새끼를 무려 네 마리나 낳았다. 시기를 추정해보자면 대략 9월쯤 낳았을 것 같다. 12월 말에 연주회 개최 준비로 인해 청도 집에 며칠 머무는데, 우리 집 데크 아래에 고양이 가족이 살고 있었다. 그뿐만 아니라 다른 고양이들도 태양이 따뜻한 시간대에 우리 집을 다녀간다는 사실을 알게 되었다.

연주회를 마치고 청도를 떠났는데, 유달리 추운 겨울 날씨로 신경이 많이 쓰였다. 책임지지 못할 일에 맘 쓰지 말라고 지인이 충고도 해줬으나, 유달리 추운 겨울 날씨에 온기를 좋아하는 고양이들, 특히 새끼 고양이들이 얼마나 견디기 힘들까 생각하니 따뜻한 집에 혼자 편히 있을 수 없었다. 1월 절반

자기가 집주인인 것처럼
당당한 태도로 나를 쳐다보던 고양이 두 마리.
주객전도로 오히려 나를 보고 '우리 집에서 뭐 하니?' 이런 표정이었다.

을 청도에 거주하면서 내 나름으로 고양이들을 돌봤다. 일단 극세사 옷을 박스에 넣어서 햇빛 가득한 데크 위에 두고, 고양이들이 먹을 만한 음식들을 챙겨줬다. 연어, 고기 등을 간을 다 빼서 두니 자기들끼리 서열을 지켜가면서 한나절 잘 먹는다. 고양이들이 좋아한다는 간식과 사료를 물과 함께 틈틈이 주고, 와서 먹는지를 살펴봤다. 일단 넘버 원 엄마 고양이가 먹고 가면, 새끼 고양이들도 서열에 맞춰서 차례대로 먹는다.

좀 지켜보니 열 마리의 고양이가 다 분간이 된다. 관상은 과학이라고, 성격 더럽게 생긴 애들은 역시나 서열이 앞이다. 늘 이래저래 치이는 막내는 몸 크기도 작고, 마지막에 먹어서 더 자랄 수 있는 기회도 상대적으로 적다. 빈익빈, 부익부는 고양이 사회에서도 적용된다. 무리를 이루지 못하는 이웃집 고양이들은 가족이 다 먹고 나면 눈치 엄청 보면서 슬그머니 와서 먹는다. 저들 나름대로의 서열이 아주 확고하다. 사연이 뭔지 알 수는 없으나, 인간의 업보임이 틀림없는 삼족 고양이도 두 마리나 있다. 고양이들이 저들끼리 소통하는 것이 있는지, 먹을 것을 두면 마을에 거주하는 대략 열 마리의 고양이들이 차례대로 다녀가면서 먹는 것 같다.

정해성 수월리 재곤이들

이웃집 초대를 받아 점심식사를 함께 하면서 고양이들 이야기를 나눴다. 알고 봤더니 마을 사람들은 각자 다들 자기의 방식대로 약 열 마리 정도 된 고양이들을 위하고 있었다. 먹을 것도 챙겨주고, 심지어 고양이 놀이터를 마련해두는 집도 있다고 했다. 길고양이에게 먹을 것을 주는 걸 생태계 파괴 운운하면서 반대하시는 분들도 있지만, 고양이들 덕분에 마을에 벌레, 쥐, 뱀이 없다며 다들 고양이들에게 나름 최선을 다하신다는 소식을 들었다. 어쩐지 고양이들이 먹을 것이 드문 시골 길고양이치고는 살이 포동포동 쪄 있다 싶었다. 온 마을 사람들의 보살핌 속에서 고양이들은 태양의 이동 시간에 맞춰서 이 집 저 집 몰려다니면서 마을의 확고한 구성원으로 자리 잡고 있었다.

　　서정주의 시집 『질마재 신화』 중 「신선 재곤이」가 떠올랐다. 고아이고 집도 없는 재곤이를 자신들도 먹고살기 힘든 마을 사람들이 공동으로 돌보는 이야기시이다. 하늘이 재곤이를 자신들 마을에 보냈고, 자신들의 무관심과 방치로 만일 재곤이가 아프기라도 하면, 자기들 마을에 큰 재앙이라도 올 것이라고 마을 사람들이 믿었다고……. 재곤인 그 마을 사람들의 인간다움을 표상하는 표지 같은 존재였다. 어느 날 재곤이가 보이지 않아서 마을 사람들은 하늘의 재앙을 걱정하였으나, 재곤인 신선이 되었다는 시였다.

우리 마을엔 고양이들이 바로 재곤이라는 생각이 들었다. 지금도 우리 마을 고양이들은 간식과 결합되지 않은 순수 사료 보기를 돌같이 여기면서, 마을 사람들이 바치는 조공들을 급을 나눠가면서 섭취하여 날마다 포동포동 살쪄간다. 마을 고양이들을 바라보면서 이웃의 인정 또한 함께 떠올릴 수 있어서 맘이 따스해진다.

수월리 고양이들은 먹이를 준다고 해서 사람들에게 맘을 주지는 않았다. 수월리의 고양이들은 처음부터 뭔가 다르다. 훔쳐먹거나, 얻어먹는다는 생각이 전혀 없다. 애들은 자신들이 먹는 것을 너무나 당연한 자기들의 권리로 인지하고 있다. 제후국을 임명하는 천자의 포스이다. 수월리 고양이들의 야생은 조금도 훼손되지 않았다. 인간을 가까이하지 않고 그저 우리가 안 보일 때 경계심을 늦추지 않은 채 먹이만 먹을 뿐이다. 다들 잘생겼고, 잡초들 틈새에서 모델 워킹하면서 나타나

정해성 수월리 재곤이들

는 모습들이 초원의 작은 맹수 같다. 자연 속에서 맘껏 돌아다니면서, 길들이지 않은 야생 고양이의 자유를 만끽하면서 나름의 생태계의 질서를 잘 유지하고 있다.

끼니를 나누면 없던 애정도 생긴다고, 그들의 모습을 사진 찍고 SNS에 포스팅도 하지만 난 아직도 그들을 쓰다듬거나, 친밀감을 형성시키고자 하는 욕망이 전혀 없다. 이젠 새끼 고양이들도 꽤 자라서 각자 독립해서 자기들만의 공간을 찾아가고, 두 마리만이 내 집 데크 아래에 머물러 잠만 자고 있는 듯하다. 고양이들이 좋아하는 것을 마련해두면, 한 마리 한 마리 차례대로 모여들어서 아직 그들의 건재함을 확인할 수 있다는 것만으로도 나는 충분히 좋다.

고양이들 중 두 마리는 털이 아주 많은 고양이인데, 지인이 보더니 품종 고양이라고 한다. 내가 봐도 족보가 있는 고양이 같아 보였다. 난 외모지상주의인지라 처음부터 그 두 마리 딱 찍어서 좋아했고, 나타나길 손꼽아 기다리기도 하지만 딱히 길러보고 싶다는 생각이 들지는 않는다. 생긴 값도 못하고 고양이들 중에서도 최약자로 빌빌거리면서 지내는 것 같아 안타깝기는 하지만, 그 고양이 역시 자기 앞의 생이 있는 게 아닐까 싶다. 인위적인 것보다는 자연적인 것이, 서로에 대한 부대끼며 나누는 애정과 관심보다는 개인의 거리와 자율, 자유가 더 좋아 보인다.

시간이 나면 사료 말고, 애들이 좋아하는 간식 가지고, 찾아가 봐야겠다. 이젠 따스한 봄날이 다가오고 있으니 아름다운 자연 속에서 더 신나게 뛰어다닐 수월리 고양이들의 건강과 평안을 기원한다.

정해성 수월리 재곤이들

개과와 고양이과

2002년에 고등학교 은사님으로부터 유기견 한 마리 양육을 부탁받았다. 강아지가 아니라 이미 1년은 된, 다 큰 몰티즈 믹스였다. 은사님 부탁이니, 고민도 갈등도 없이 바로 데려왔다. 키우던 주인으로부터 버림받은 상처가 있어서인지, 나를 그림자처럼 쫓아다녔다. 월드컵이 막 끝난 때여서, 독일의 전설적 골키퍼인 올리버 칸의 이름을 따서 칸이라고 이름을 지었다. 부르기도 너무 편한 이름이었다. 처음에 우리 집에 왔을 땐 모가지가 길어서 슬픈 짐승처럼 고독과 우수에 젖은 눈망울로 고개를 파묻고 있었으나, 곧 맘을 열었다.

칸은 나의 호위무사였다. 조카들과 지인들이 몇 달간 거주하는 집이어서, 집에는 늘 사람들이 넘쳤다. 모두들 칸의 마음을 얻기 위해 애쓰나, 칸에게는 오로지 나밖에 없었다. 누가 나에게 큰 소리로 말이라도 걸면 나서서 짖어댔다. 빈 수레가 요란하다고, 정작 내가 위험에 처할 때 지켜줄 능력도 없는 주제에 맘만은 사자에게도 덤벼들 기세였다. 노무현 전 대통령이 탄핵되던 순간, 난 TV를 보면서 울고 있었다. 그때 칸은 깜짝 놀란 눈으로 앞발로 내 어깨를 두드리면서 어쩔 줄 모르던 표정을 난 잊을 수가 없다. 어떻게든 위로해주려고 하던 그 몸짓을 보면서, 반려견과의 교감이 무엇인지 깨달았다.

칸은 자기가 개라는 사실을 결코 수용하지 않았다. 잠은 무조건 같은 침대에 올라와서 자려고 했다. 사료는 굶어 죽을 직전이 되어야 먹었고, 그냥 우리가 먹는 피자, 치킨, 족발 등을 먹고 싶은 만큼 맘껏 먹었다. 지금도 논의가 분분하지만, 아무리 균형 잡힌 영양식이라 해도 누군가가 나에게 죽는 날까지 시리얼만 먹고 살라고 하면 난 정말 싫을 것 같다. 그렇게 해서 백 년을 살면 뭐 하겠냐는 것이 내 생각이다. 또한 곁에서 숨넘어가게 음식을 요청하는 칸의 몸짓과 시선을 외면

　　　　　　　　　　　정해성　개과와 고양이과

하는 것은 불가능했다. 소식 해서 늘 음식을 남기는 나에게 칸은 훌륭한 대안이 되었다. 좋아하는 음식도 소고기, 돼지고기, 닭고기 순으로 서열도 확고했다. 천하장사 소시지 등의 가공식품은 먹지 않았다. 피자도 빵 부분만 주면 절대로 먹지 않았다. 남편에게 야단도 엄청 들었으나, 칸은 벌을 받으면서도 결코 탄압에 굴복하지 않았다. 먹으면서 입 주변에 음식이 묻으면, 입을 닦아가면서 청결하고 우아하게 먹었다. 혼자 둬도 주변의 전기선 등등 그 어떤 것도 물어뜯지 않았다. 오히려 사뿐사뿐 건너다녔다. 배변도 화장실 배수구 내려가는 곳에서만 볼일을 봤다. 항상 청결하게 몸을 유지했다. 앉아 있는 자세도 앞다리 둘을 겹쳐서 앉았고, 주로 클래식 음악을 집중해서 듣는 태도를 보였다. 반려견이 아닌 반려인의 면모를 보였기에, 칸이 자연사한 이후 더 이상 우리는 어떤 개도 키울 수 없었다.

고양이를 기른 적도 있었다. 초등학교 3학년 때 학교에서 돌아오니 새끼 고양이가 우리 집에 있었다. 손바닥 안에 쏙 들어오는 크기의 예쁘고 사랑스러운 고양이였다. 고양이는 개와는 달리 사람의 품에 붙어 있기보다는 자신이 선호하는 공간에 홀로 있으려 했던 때가 많았다. 우리에게 오려고 했을 때는 주로 생선이나 고기 반찬이 있을 때, 그것 먹으려고 왔었던 것 같다.

고양이는 자신의 세계가 분명했고, 자신만의 시간과 공간이 필요한 종이었다. 주택가에서 살았던 시기인지라, 며칠간 여기저기 돌아다니느라 집에 안 들어오던 때도 꽤 있었다. 잠시도 주인과 떨어져 있으려 하지 않은 개에 비하면 있을 수 없는 일이다. 결국 1년 만에 집을 나가서 돌아오지 않았다.

개들은 관계성을 중시한다. 자신의 욕망보다 사람들의 안위와 공동체의 안녕을 우선시한다. 책임감이 강하고, 공감력이 좋다. 한번 주인이라고 생각하면, 자신이 버림을 받을지언정 스스로 먼저 주인을 버리는 법이 결코 없다. 표면적 말과 행동 이외에 숨기고 있는 이면이 없다. 정서나 생각들이 표정에 다 드러나고, 솔직하다. 아군 적군의 구별이 확실하여 아군은 환대하고, 적군에겐 짖는다. 가족들과 주군을 배반하지 않으며, 자신이 할 수 있는 최고의 애정을 표현하고, 자신이 할

정해성 개과와 고양이과

개들은 관계성을 중시한다.
자신의 욕망보다 사람들의 안위와 공동체의 안녕을 우선시한다.
고양이들은 자신의 안위를 중시한다.
타인과 공동체의 유익보다는 자신의 이익과 안위에 유익한 행동을 한다.

수 있는 최선을 다한다. 욕망을 숨기지 않고, 바라는 바를 다른 존재에게 명료하게 밝힌다.

고양이들은 자신의 안위를 중시한다. 타인과 공동체의 유익보다는 자신의 이익과 안위에 유익한 행동을 한다. 사명감이 없고, 자족적인 삶을 추구한다. 소속감이 없기에 주인에 대한 대단한 충성심이 없다. 주인 곁에 있지만, 결코 한 곳에 안주하지 않고 마음과 시선은 항상 먼 곳을 바라본다. 행동이 조심스럽다 못해 비밀스러우며, 곁에 있어도 무슨 생각을 하고 있는지 알기가 어렵다. 아군도 없고, 적군도 없다. 주인을 구하기 위해 자기를 희생했다는 미담은 찾아보기 힘들며, 화재가 난 집에 주인이 잠들고 있어도 자기 혼자 살 길을 찾아 도망갈 것 같다. 자신의 욕망을 최대한 들키지 않도록 잘 관리하며, 기회를 포착했을 때 놓치지 않고 목표 달성을 위해 최선을 다한다.

내 개인적 취향으로 인해 자신의 이익보다 인정을 따라 행동하는 개가 더 좋은 것은 어쩔 수 없다. 애정을 숨기지 않

정해성 개과와 고양이과

고, 히든카드 따위는 계산조차 하지 않는 미련한 개가 더 신뢰가 간다. 장 그르니에의 에세이 「고양이 물루」를 읽으면서 상당히 공감한 부분도 없지 않다. 그러나 이면의 신비와 자기 세계를 품기에 매력적으로 보이는 고양이보다는 매일 보는 주인의 귀환에 까무라칠 듯 팔짝팔짝 뛰면서 자기의 전부를 던져서 관계를 형성하는 개가 훨씬 더 좋다. 그래서 '개'라는 접두사 혹은 비어를 사용하는 사람들에 무척 반감을 가질 때가 많다. 심지어 '개보다 못한 사람'이라는 어구엔 동의하기가 힘들다. 개 정도의 인격이 있다면, 우리의 삶과 사회가 훨씬 더 좋은 사회가 되었을 것이라 확신한다.

조 규 남
Cho Kyu Nam

묘생(卯生)의 승리
아직도 나는

조규남

전남 보성에서 태어나 『한국소설』에
단편소설이, 『농민신문』 신춘문예에 시가
당선되어 작품 활동을 시작했으며 제6회
〈구로문학상〉을 수상했다. 시집 『연두는
모른다』, 소설집 『핑거로즈』, 함께 쓴 책으로
『언어의 시, 시의 언어』 『향기의 과녁』 『문득,
로그인』 『여자들의 여행 수다』 『흡흡흡 부를
테니 들어줘』 『우리, 그곳에 가면』 등이
있다.

묘생(卯生)의 승리

코끝을 훑는 낯선 냄새, 맑은 공기에 뒤섞여 있는 야릇하고 역겨운 냄새가 비밀 첩자처럼 공격해왔다. 꼭꼭 닫힌 대문을 노려보았다. 아무리 살펴도 외부 침입 흔적이 없었다. 창문을 열고 주방과 작은 방을 살피다가 남편의 방을 주시했다. 그쪽에서 솔솔 새어 나오는 것 같았다. 코를 벌름거리며 다가갔다. 냄새가 점점 또렷해졌다. 냄새의 진원지는 분명 남편의 방, 밤새 무슨 변고라도 생긴 것일까? 카프카의 『변신』이 떠올랐다. 자고 일어나니 자신이 딱정벌레가 되어 있었다는데 혹시 남편도 짐승으로 변해버렸을까. 문을 조심스럽게 열고 들여다보았다. 세상모르고 잠들어 있는 남편, 짐승이라곤 코빼기도 보이지 않는데 냄새만 더 선명히 달려들었다. 방을 한 바

퀵 둘러보고 살며시 문을 닫으려는데 방구석에 놓인 철망 케이지가 눈에 들어왔다. 눈을 동그랗게 뜬 깜찍하고 발칙해 보이는 회색빛을 띤 토끼 한 마리, 깜짝 놀라 한 걸음 뒤로 물러서며 소리를 꽥 질렀다. 큰 소리에 남편이 벌떡 일어났다. 몰래 숨긴 걸 들켜버려 당황했는지 토끼 케이지를 들고 도망치듯 옥상으로 올라가버렸다. 어이없었다. 당장 쫓아 올라가려다가 미처 문도 닫지 못하고 허둥지둥 도망친 뒷모습이 우스꽝스러워 혼자 헛웃음을 터뜨리는데 온몸으로 감겨드는 야생동물의 퀴퀴한 체취가 나를 휘감았다.

언제부터 토끼를 기르고 있었던 것일까! 갑자기 기온이 강하하자 옥상에서 끌고 내려온 게 분명했다. 남편은 유난히 정이 많은 사람이다. 가족들이 모두 북적이면 좋아할 사람인데 나와 둘만 있는 세월이 길어지면서 걸핏하면 애완동물 타령이다. 이미 새를 기르다가 좋지 않은 경험이 있어 나와 더 이상 애완동물은 기르지 않겠다고 약속을 한 터였다. 만나는 기쁨보다 이별의 슬픔이 몇 배 더 크다는 걸 알고 있기 때문이었다. 몇 년 동안 잠잠했는데 이렇게 급습해 오다니.

사회가 핵가족화되면서 외로움의 시간은 길어지고 반려

견, 반려묘와 함께 사는 사람들이 많아지는 현상이 우리 집에서도 일어나고 있다. 주디스 버틀러의 『안티고네의 주장』 한 대목이 생각난다.

이곳에서는 인간이 되려면 규범적인 의미에서의 가족에 참여해야 한다. 또한 내가 질문하는 시점은 이혼과 재혼 때문에 이민과 망명과 난민 신분 때문에 다양한 세계적 거주 이전 때문에 자녀들이 한 가족에서 다른 가족으로 이동하고, 가족에서 비가족으로 이동하고 비가족에서 가족으로 이동하는 시대이다. (…) 어쩌면 어머니 기능을 하는 한 명 이상의 여성과 아버지 기능을 하는 한 명 이상이 있는 시대, 아니면 아버지도 어머니도 없거나, 거의 친구처럼 지내는 이복형제들과 살아가는 시대인 것이다. 이 시대는 또한 이성애 가족이나 동성애 가족이 뒤섞이기도 하고, 게이 가족이 핵가족 혹은 비핵가족 형태로 등장하는 시대이다.

가족의 이동은 비단 인간과 인간 사이에서만 국한되는 것은 아니다. 사람들과 동물 사이에서도 이미 가족 관계가 형성

조규남 묘생(卯生)의 승리

눈을 동그랗게 뜬 깜찍하고 발칙해 보이는
회색빛 토끼 한 마리,
토끼 때문에 우리 부부만 서로를 믿지 못하는 사이가 되어버렸다.

되어 가고 있다. 아무려면 어떤가. 서로 어울려 사는데 종(種)과 종(種)을 따질 게 뭐가 있겠는가. 하지만 나는 잠잠하던 심한 알레르기가 지난해부터 더 심해져 고생을 하고 있어 동물들에게 지나치게 예민하다.

10만 원을 줄 테니 분양받은 곳에 돌려주거나 뒷산에 방사하라고 했다. 산책하면서 토끼가 양배추를 먹고 있는 것을 목격한 적이 있었다. 사진을 찍어 와 보관하고 있었는데 그것을 보여주며 이렇게 잘 살 것이라고 종용했다. 그 후 남편은 나를 믿지 못했다. 혹시 토끼를 두고 외출을 하면 내가 내다 버릴까 봐 운동을 나갈 때면 에코백에 넣어서 자전거에 매달고 다녔다. 내게 들킬까 봐 몰래 토끼를 가지고 드나드는 괴이한 생활을 했다.

남편이 외출에서 돌아와 샤워를 하고 있을 때였다. 어떻게 토끼를 기르는지 궁금해 옥상으로 올라가 두리번거렸다. 옥탑방이 아닌 밖에 텐트를 쳐놓고 토끼를 키웠다. 회색빛 털을 가진 깜찍한 토끼, 야외에 있어도 지린내와 노린내가 지독하게 풍겨 심한 재채기가 나왔다. 간신히 진정시켰지만 살아 있는 짐승을 어찌하지 못하고 모른 체 내려와버렸다.

조규남 묘생(卯生)의 승리

문제는 채소가 자꾸 없어졌다. 겨울이라 상추가 비싸서 조금씩 사다 먹는데 금세 바닥이 나곤 했다. 아니, 분명 아침까지 있었는데 상을 차리려고 찾으면 괴이하게도 없어지는 일이 빈번하게 발생했다. 나는 남편을 의심하기 시작했다. 망고를 깎거나 사과를 깎고 미처 껍질을 치우지 못하면 어느새 수거해 토끼에게 먹이곤 했다. 어차피 버리는 과일 껍질이야 그럴 수 있다지만 멀쩡한 상추는 좀 그렇지 않은가. 사람이 먼저가 아니고 토끼가 먼저라니. 먹이려면 본인의 용돈으로 사 와야지 왜 냉장고에 넣어둔 채소를 가져가냐고 볼멘소리를 해도 막무가내였다. 나는 채소를 꼭꼭 싸서 깊숙이 숨기고, 남편은 여우처럼 찾아내서 토끼에게 먹이고.

　　토끼는 물기가 있는 채소를 먹이면 죽는다는 것을 알고 있는 나는 사 오기 무섭게 씻어서 통에 넣었다. 그러면 남편은 용케도 꺼내 물기를 말려 토끼에게 먹이곤 했다. 좋게 말을 해도 화를 내도 소용없었다. 토끼가 유발시킨 우리 부부의 전쟁은 참으로 유치하고 치사했다. 당신 돈으로 사라, 정 그러려면 토끼를 데리고 나가라, 내 스스로도 놀랄 만한 저열한 말들을 쏟아냈다.

우리 가정에 평화는 순전히 토끼에게 달려 있다. 내가 포기하고 토끼를 받아들이든 남편이 토끼와 결별하든 해야 하는데 우리는 누구도 먼저 말을 꺼내지 않고 팽팽한 줄다리기를 하고 있다. 털과 냄새에 대한 알레르기가 심한 내게 토끼와 함께하라는 것은 너무 잔인하지만 외로움을 이기려고 토끼를 기르는 남편을 외면하는 일도 못 할 일이다. 우리는 당분간 서먹한 부부로 살 수밖에 없을지도 모른다.

설화에 나오는 토끼는 영특하다. 비록 자신의 삶을 주체적으로 살아가지 못하고 인간들에게 의탁해 있지만 아직은 안녕하다. 토끼 때문에 우리 부부만 서로를 믿지 못하는 사이가 되어버렸다. 꽤 많고 영리한 토끼가 거북이에게 진 보복을 인간에게 하려고 이간질시키고 있는 것만 같다. 토끼 만세다.

조규남 묘생(卯生)의 승리

아직도 나는

　　새소리가 계단을 밟고 내려온다. 아침잠을 깨우는 달콤하
고 감미로운 소리가 귀를 간질인다. 가만, 파랑이가 돌아왔나!
귀를 쫑긋 세운다. 수년간 들었던 파랑이의 기상나팔, 반사적
으로 몸을 일으키다가 이내 다시 누워버린다. 파랑이가 돌아
올 리 만무하다. 집을 나간 지가 벌써 몇 년째인데 하면서도
다시 일어나 옥상 계단을 확인한다. 휑뎅그렁하다.

　　6년 전이었다. 남편은 새를 기르겠다며 앵무새 한 쌍을
구입해 왔다. 냄새나고 털이 날린다며 반대했지만 그의 고집
을 꺾지 못했다. 노란 빛깔의 윤기가 흐르는 암컷과 파란 빛깔
의 수컷, 노랑이와 파랑이로 이름을 지었다. 이름만큼이나 귀
여운 녀석들이었다. 옥상에서 지지배배 지지배배 노래하면 아

래층 거실은 자연 속에 파묻힌 듯 평화로워졌다.

주말마다 오는 아이들도 노랑이와 파랑이에게 사랑을 쏟아부었다. 처음엔 가까이 가기 거북스럽기까지 했던 나 역시 시간이 흐르면서 녀석들의 재롱에 흠뻑 빠져 도낏자루 썩는 줄 몰랐다. 노랑이와 파랑이 역시 우리에게 제법 길들여 있었다. 손바닥을 내밀면 대뜸 올라서기도 하고 어깨에 내려앉아 노래도 부르고 주먹을 내밀면 부리로 손등을 가볍게 쪼아대기도 했다. 사람과 미물이 나누는 따뜻하고 포근한 교감.

파랑새는 행복의 상징이다. 동화에 나오는 치르치르와 미치르는 꿈에서 파랑새를 찾아 떠나지만 결국 파랑새는 찾지 못하고 다음 날 일어나 본인의 새장에 있는 비둘기가 파랑새라는 걸 깨달았다. 나도 그러했다. 파랑이, 노랑이와 난생처음 나누는 정, 사람의 마음은 참으로 변덕스럽고 간사한 게 아닌가. 녀석들이 싫다고 하던 때가 있었던가 싶게 변해버린 나를 만났다. 동물에게 과민반응을 일으키던 내 몸이 아무렇지 않았다. 신기했다. 노랑이와 파랑이를 데리고 노는 시간이 길어졌다. 남편이 있을 때나 없을 때나 독차지하는 게 다반사였다. 녀석들을 손에 앉혀놓고 어르면 쓸데없는 욕망도 사소한 고

남편은 새를 기르겠다며 앵무새 한 쌍을 구입해 왔다.
노란 빛깔의 윤기가 흐르는 암컷과 파란 빛깔의 수컷,
옥상에서 지지배배 지지배배 노래하면
아래층 거실은 자연 속에 파묻힌 듯 평화로워졌다.

민도 모두 사라졌다. 내게 주어진 소소한 일상, 자칫 무료하고 지루해질 수도 있는 시간들을 꽉 채워주는 작은 생명들, 오래오래 함께하고 싶었다.

잠결에서였다. 새들 지저귀는 소리가 요란했다. 평소에 듣지 못한 불규칙한 지저귐, 어둠 속에서 조용히 잠들어 있던 녀석들이었다. 귀를 쫑긋 세웠다. 아무 소리도 들리지 않았다. 새들과 오래 살다 보니 꿈속까지 지저귀는 소리가 따라 들어온다고 생각하며 다시 잠을 청했다.

아침은 평화롭고 화창했다. 그런데 옥상에서 내려온 남편의 얼굴은 침울했다. 고양이가 새집을 급습해 노랑이가 축 늘어져 있다는 것이었다. 가슴이 철렁했다. 간밤에 새소리를 헛들은 것이 아니었다. 그때만 올라가봤어도. 아침을 준비하다 말고 재빨리 옥상으로 올라갔다. 다행히 문이 좁아 고양이가 들어가진 못했지만 주위를 맴돌며 위협한 모양이었다. 흔히 겁 많은 사람을 새가슴이라고 하지 않는가. 겁먹은 노랑이는 숨만 간신히 쉴 뿐 일어서지 못했다. 숨이 끊어지지 않았으니 기운을 차릴 거라고 생각했지만 그날을 넘기지 못하고 돌아오지 못할 길로 떠나고 말았다.

손도 한번 써보지 못하고 허망하게 노랑이를 떠나보내고 나서 일이 손에 잡히지 않았다. 노란 깃털을 가진 녀석이 눈에 아른거렸고 외로움을 타는 파랑이도 안쓰러웠다. 파랑이는 더이상 노래를 하지 않았다. 풀이 죽어 조롱 횃대 귀퉁이에 웅크리고 앉아 있었다. 아무래도 노랑이를 대신할 암컷을 들여야 할 것 같다고 생각한 날이었다. 옥상에서 빨래를 널고 있는데 파랑이가 날아와 내 앞에서 알짱거렸다. 분명 새장 문이 닫혀 있었는데 어떻게 나왔는지 놀라웠다. 널던 빨래를 그대로 둔 채 파랑이를 잡으려고 다가가자 포르릉 날아서 뒷집 벽 구석으로 내려가버렸다.

　　서둘러 뒷집으로 달려갔다. 파랑이가 앉아 있던 자리를 둘러봤지만 녀석은 감쪽같이 사라져버렸다. 당혹스러웠다. 녀석을 찾기 위해 집 주변을 누볐다. 어디에서도 그 모습은 보이지 않았다.

　　새는 날기 위해 무게를 버렸다. 파랑이는 무엇 때문에 안식처를 버렸을까? 아, 녀석에겐 무게를 버리는 매정한 속성을 가진 날개가 있지, 조롱(鳥籠) 안에 너무 오래 갇혀 있어 날개 기능이 퇴화되었을 것인데 도대체 어디로 갔을까. 멀리 가지 못했을 거라는 예상을 깨고 파랑이의 자취를 찾을 길이 없었다. 일상을 전폐하고 여기저기를 기웃거렸다. 실성한 사람처럼 찾아다녔지만 나를 골탕 먹이려고 작정을 한 듯 행방은 묘연했다. 자신의 짝을 지켜주지 못한 주인이 야속해 기를 쓰고 부리로 새장 문을 열었을 것이다. 편안한 집에서 먹을거리 걱정 없이 노랑이와 함께하던 추억을 간직한 채 훨훨 날아가 버렸을 것이다. 그렇게 자유롭게 날아다녔다면 노랑이를 잃지 않았을 거라는 생각을 했을지도 모른다. 주인에 대한 신뢰가 무너졌을 것이고 안온한 삶 속에도 위험요소가 있다는 것을 깨달았을 것이고.

세월이 흐르면서 파랑이가 돌아오리라는 생각을 접게 되었다. 대신 어디에서든 건강하게 살아남아 있길 간절히 바랄 뿐이었다. 이제 노랑이와 파랑이를 잊어야 하는데 이따금 새들의 노랫소리가 옥상계단을 밟고 내려오는 환청을 듣는다. 그럴 때면 울컥 노랑이와 파랑이의 재재거리던 소리가 그리워진다. 노랑이 노랫소리는 곱고 파랑이 노랫소리는 감미롭다. 내 가슴에서 영원히 살아 있을 녀석들의 노랫소리. 나는 이별에 익숙해지지 않는다. 나이 많은 어른들이 떠나실 때도 오랫

조규남 아직도 나는

동안 슬퍼서 훌쩍거린다. 떠나보낸다는 것, 그것이 미물이라 할지라도 가슴이 아프기는 마찬가지다. 이별이 두려운 나는 더 이상 애완동물을 들이지 않는다. 아니, 이미 내 가슴을 차지하고 있는 파랑새가 살고 있어 다른 녀석들을 들일 여유가 없다. 콕콕 쪼는 부리의 촉감을 느껴보고 싶고 손바닥에 올려놓고 재롱을 떠는 모습을 보며 삼매경에 빠져보고 싶다. 그립고 그리운 노랑이와 파랑이, 영원한 나의 파랑새들.